Un

Dulce encuentro

En el perdón

KRIS BUENDIA

ߜߛ

Un dulce encuentro en el perdón KRIS BUENDIA

Índice

La travesía del Estigia (Rio del odio)

Gustave Doré: (1861)

**"El pasado es la única cosa muerta
cuyo aroma es dulce."**

Eduard Thomas

Sinopsis

Una vez más Matthew Reed y Elena Jones
nos han demostrado que se puede amar en el
paraíso y también en el infierno, pero
solamente el perdón podrá salvarlos de las
llamas.

Después de descubrir el infierno del *halcón*,
mariposa demostró una vez más que podía
rescatarlo, pero muchas veces "rescatar"
también es "dejar ir".

Elena Isabelle Jones no ha sido rescatada, un
terrible accidente ha ocurrido, parece que la
mariposa fuera de su paraíso es un ángel en
la tierra. Ana en el pasado salvó la vida de
Isabelle, ahora es momento de devolver el
favor.

¿Sobrevivió Isabelle al terrible accidente?

¿Dónde está Matthew Reed?

Es momento de que el cuervo aparezca en la
ventana de Elena y le diga: "nunca más" te
dejaré ir.

Regresa mariposa...

࿐Ɛ13࿐

Preparo mis maletas para partir mañana a Cambridge, Massachusetts. Las clases no comienzan hasta el próximo mes, pero permanecer en Chicago hace que mi alma arda a fuego lento.

Le dije que la amaba, pero que no podía estar con ella. Todavía siento el aroma a lavanda en mi cuerpo por las noches cuando aspiraba el aroma de su cabello antes de dormir y besaba cada parte de ella.

La amo.

Al menos eso pude decirle.

No la merezco y estoy a cien años luz de merecerla. Es un ser tan puro, inocente y dulce. Y yo soy un animal rapiño perdido en la oscuridad que mi única compañía son mis pensamientos pero mi conciencia me aniquila cada vez que estoy con ella.

La primera vez que la vi fue inevitable no poder sentir nada. Mi cuerpo tembló y sentí que toda mi piel se erizaba. Aquella noche en el polígono se veía tan asustada. Sus pestañas revoloteaban como las malditas alas de una mariposa y podía sentir su aroma dulce en el aire.

Las mariposas se alimentan del dulce néctar no de cenizas. Y eso es lo que ha quedado de mí desde que mi padre murió. Me vi obligado a dirigir esa mierda de lugar y Dan me enseñó a jugar.

Era su *imperio* y muchos otros, pero el polígono del infierno era su lugar y una obra de arte. No lo he visto durante mucho tiempo.

Fue el trato.

La primera vez que lancé mi primer juego de tiro al blanco fue después de la muerte de mi padre. Toqué fondo y no estaba preparado para ser el hombre de la casa y hacerme cargo de mi madre y mis hermanos. Estaba tan lleno de rabia que las mujeres, el alcohol y el polígono era lo único que me llenaba.

Hasta que la conocí a ella.

Elena me llevó a su paraíso. Mi preciosa y dulce Elena me enseñó a amar, a perdonar mi pasado pero todavía no puedo perdonarme a mí mismo por mentirle. Por eso he decidido marcharme. No puedo arrastrarla conmigo, y aunque el *dios del infierno* pudo amar, también se vio obligado a dejar ir al amor, así como lo he hecho yo.

Mi dulce mariposa.

La persona que ha alegrado mis días y me salvó de mi propio infierno, pero sólo llegué hasta la puerta oscura. Llegué a ver el sol solamente cuando ella despertaba a mi lado.

Nuestro pequeño paraíso permanece intacto, no pude hacerle ese jodido favor. No pude destruir la fina capa que quedaba de ella en mi maldita casa. La forma en que lo miró la primera vez, su sonrisa y sus pestañas revoloteando admirando aquel árbol *jacaranda,* fue lo único que necesité para no destruirlo. Así como *Hades* ordenó que llevasen flores al infierno para su amada *Perséfone,* así yo le di su pequeño paraíso en mi infierno.

Ella tenía razón, no puedo tener dos mundos. Y aunque ella se empeñó en protegerme, yo olvidé protegerla para que no fuera parte de ello.

Se lo advertí.

¡Mierda!

Se lo advertí. Pero no a ella. Fue a mi maldito corazón.

No te enamores de ella, Matthew.

No la mereces.

Ella es dulce y tú eres humo.

Las mariposas no sólo se alimentan del jugo dulce de las flores. También de frutas podridas y del excremento de algunos animales. Y estoy seguro que ella se alimentó de lo segundo cuando estaba conmigo.

Las mariposas viven en el paraíso, los cuervos como yo viven en el infierno.

Fui tan estúpido, tan egoísta en no ser honesto con ella. Ella me había dicho todo de su pasado, la muerte de su madre y el maldito hijo de puta que intentó abusar de ella. *Él* era el culpable de que mi Elena tuviese miedo todo el tiempo, pero jamás me tuvo miedo a mí.

Aunque debería.

Le hice daño.

No me bastó con mentirle, también la lastimé y aquellos moretones que dejé en su piel de porcelana, hicieron que me odiara más y la mereciera menos.

Pero la amo.

Y siempre la voy a amar.

Aunque mi corazón lo tenga ella en estos momentos. No hay mejor lugar para que esté a salvo que en sus manos. Puede destruirlo, puede quemarlo o simplemente contemplarlo como lo hacía cuando yo dormía.

Veo el cuadro que ella me regaló. El maldito ojo del cuervo se está burlando de mí en estos momentos. Lo está disfrutando.

La dejaste ir.

Ella encontrará a alguien mejor que tú.

Quizás el *buitre*.

¡Ya basta!

Maldigo en voz alta y obligo a mi mente a callarse.

El *buitre* resulté ser yo.

La última vez que estuve dentro de ella no le hice el amor y me odio por ello. Siempre le pedí que me viera a los ojos para ver sus alas de mariposas y perderme en su paraíso.

Ella se merece cada caricia, cada beso y cada palabra llena de amor. Quise dejarle claro que alguien como yo iba a pedirle *perdón* antes de decirle que la amaba. Y así fue.

No hay nada de lo que me pueda lamentar tanto en mi jodida vida, que no haberle dicho más «*Te amo*» y menos «*Perdóname*» cuando estuve a su lado.

Hacerla reír más y que llorase menos.

Su aroma dulce se estaba perdiendo conmigo. Se estaba marchitando a mi lado y aunque su jodido y buen corazón me haya perdonado. No merezco su compasión.

Salvo ella y yo únicamente.

Todavía puedo ver ese movimiento sexy que hacía con su nariz que hacia ponerme duro en cuestión de segundos. Mi seductora Elena, mi dulce mariposa. La extraño a morir cada vez que respiro. Duele su ausencia, haberla dejado ha sido lo más duro que haya tenido que hacer en toda mi puta vida.

Si voy a ser condenado en el infierno cuando muera no será por el *polígono del infierno*. Será por haber cortado sus alas.

Poe decía que si queríamos ser amados que nunca perdiéramos el rumbo de nuestro corazón. «*Sólo aquello que eres has de ser, y aquello que simulas, jamás serás.*»[1]

Y yo jamás podré ser un ángel que la rescate de su pasado, siempre apareceré en la oscuridad. Ojala sólo pudiera ser la mitad de puro que es ella, quizás lograra dejar todo atrás y empezar de nuevo, pero mi pasado también me persigue.

---

[1] «¿Deseas qué te amen?» E. A. Poe.

El pasado que jamás le conté y no quiero que lo sepa, porque si el polígono acabó haciendo que me dejara.

Con mi pasado terminará odiándome.

Cambridge es hermoso. Pero no tanto como nuestro pequeño paraíso.

Controla tu mierda, Matt.

He visto varias residencias y siempre encuentro un defecto en ellas.

Muy pequeño.

Muy grande.

Demasiado ruido.

Acéptalo. Son perfectos. Pero ella no está en ninguno.

— ¿Y bien, señor Reed? —pregunta Karla, la agente inmobiliario.

—Lo pensaré.

—Seguiré buscando más en los alrededores de Cambridge, pero éstos han sido los mejores hasta ahora. ¿Hay algún presupuesto que deba respetar?

—Ninguno.

—Bien, me gustan los clientes que valoran la comodidad.

Karla es una mujer atractiva, desde hace una semana hace insinuaciones que decido mejor ignorar. Y siempre en nuestro encuentro lleva ropa más provocativa. En otro momento la tumbaría encima del mueble de cocina.

¡Quizás eso necesitas de una jodida vez!

— ¿Está todo bien? —pregunta haciéndome reaccionar y sacándome de mi propia voz.

—Perfectamente.

—No eres muy comunicativo ¿Cierto?

—Cierto.

— ¿Estás libre hoy? Te aseguro que te haré decir más de una palabra.

¡Bingo!

¿Quién es el buitre ahora?

Sus palabras llenan mi cabeza. ¿Eso es lo que soy para ella? Un *buitre*. El maldito *buitre* es su amigo David Henderson.

¡Joder! ¡Joder!

Me voy a volver loco. No puedo estar con otra mujer que no sea ella. La amo y todavía siento su aroma en todo mi cuerpo, el movimiento de su cabello marrón por encima de mí cuando hacíamos el amor. Sus manos tocando mi pecho y su lengua húmeda besándome.

—Karla, tu invitación es halagadora—
Está sorprendida y permanece en
silencio:—pero créeme cuando te digo que
te estoy salvando de una agonía mortal
para que no termines cayendo en otra
peor que la misma muerte.

—Vaya—Ríe nerviosa—Ojalá todos
pudieran ser así de honestos como tú.

—Créeme, no soy lo que quieres ésta o
ninguna otra noohe.

—Espero que lo que acaba de pasar no
interfiera en tus planes de comprar un
condominio.

—Por supuesto que no.

Asiente y salimos del lugar. Me despido
de un apretón de manos y me subo a mi
auto. Permanezco en silencio viéndola
subir al suyo y rio para mis adentros.

*Debería de ganarme la lotería con lo que
acabo de hacer.*

Me revuelvo en mi asiento y contemplo la
mariposa que cuelga en el retrovisor. Lo
único que quedó de ella en mi casa fue su
aroma y sobre el escritorio, el regalo que
yo le di para su cumpleaños número
veintiuno.

Escucho mi teléfono sonar y es Joe.

— Joe.

Hay mucho silencio y escucho sólo su respiración agitada.

— ¿Joe?

—Matt...—Hace una pausa.

Mi cuerpo se deja caer en el asiento y llevo mi mano hacia mi rostro. Preparándome a lo que sea que tenga que decirme.

¡Mierda, Joe! ¡Habla de una puta vez! Estás asustándome ¿Estás bien? ¿Ana y el bebé están bien?

—Sí...Sí. Estamos bien...—tartamudea y arrastra las palabras: —Es, Belle.

El corazón se me acelera y empiezo a sentirme mareado.

— ¿Qué le pasó a Elena? —mi voz es demasiado ronca que no me reconozco.

—Matt, tienes que regresar.

— ¿Dime que está bien? —Le exijo con un hilo de voz.

—Es mejor que regreses—Permanezco en silencio— y ¿Matt?

— ¿Sí?

—Tienes que estar preparado.

≈℮33≈

Los gritos de Ana hicieron que me relajara, ella estaba bien. Esta vez fui yo la que la salvó a ella.

Aquella noche que ella me encontró con mis muñecas abiertas se asustó demasiado y pensé que moriría en brazos de mi mejor amiga. Pero ella me salvó. Tenía que devolverle el favor.

— ¡No hay pulso! —Grita alguien.

No puedo abrir mis ojos, y la verdad es que nada me duele.

Aquí no existen las cicatrices, no hay dolor, todo es paz y amor.

Pero no puedo estar muerta, puedo escucharlos. El ruido de una maquina me indica que mi corazón está latiendo con dificultad.

Me duele el cuello, la cabeza y cada una de mis costillas, estoy empezando a sentir dolor. Es demasiado fuerte que hace que respire hondo y me deje ir en un profundo sueño de nuevo.

Ahí está ese ruido otra vez.

Me está volviendo loca.

¡Abre los ojos!

Eso intento, hay una luz demasiado brillante con una de mi cabeza y siento mucho frío. Mi mano me pesa demasiado que casi no puedo levantarla y tocar qué es lo que tengo en mi boca.

La habitación está en silencio. Las paredes son tan blancas que parece que estuviera en el cielo. —Quizás el cielo es así— sólo veo el techo y la luz brillante, me quito la mascarilla de la boca y respiro grandes bocanadas de aire.

¿Ana?

¿Dónde está Ana?

—Hola—murmuro.

Me duele la garganta.

— ¿Isabelle? —susurra alguien a mi derecha.

Está llorando.

Mi padre está llorando. Es la primera vez que lo veo quebrarse delante de mí, ni siquiera cuando murió mi madre lo vi llorar.

— ¿Papá?

Me abraza y me besa el cabello, está llorando como un niño pequeño. Me quicbro con él. Su amor se siente tan bien en estos momentos. Estaba perdiendo el tiempo rechazando el amor de mi padre y negandome a mí misma que no lo amaba.

Lo amo y me ama.

Es mi padre

Soy su hija.

Soy una Jones.

—No llores, papá.

—Es de felicidad. —sonríe. —Iré a avisarle a los demás— Besa mi coronilla— Te dejo en buenas manos.

¿Buenas manos?

Miro hacia mi izquierda y lo veo.

Está durmiendo cerca de mi regazo. Es una posición incómoda y lo lamentará cuando despierte.

Mi padre sale de la habitación y peleo esta vez con la pesadez de mis manos para poder tocarlo. Se ve tan hermoso, siempre se ve hermoso cuando duerme.

¿Qué hace aquí?

Con todas las fuerzas de mi corazón y mi cuerpo levanto mi mano izquierda para acariciar su cabello.

Es tan suave, está un poco más corto pero se ve bien, aunque su barba llama mi atención, está perfecta, como a mí me gusta.

—Desearía que fueses lo primero que viera al despertar... y lo último que viera al dormir—Susurro con dificultad acariciando su rostro: —pero la distancia nos separa... y me tengo que conformar con que seas lo primero que vea al dormirme... y lo último que vea antes de despertarme.

Abre los ojos, están inyectados de un color rojo sangre.

¿Ha llorado?

No quiero incomodarlo y dejo de acariciarlo. Ahora la timidez se apodera de mí.

Me ve y las lágrimas invaden su perfecto y cansado rostro. Su expresión me confunde, es como si no me hubiese visto en años.

—Has regresado mi amor, no te detengas, mariposa. —Amo el sonido de su voz—No me iré a ningún lado.

Me duele mucho la garganta, y me cuesta hablar.

¿Por qué me cuesta hablar?

—No me hagas llorar... me he acostumbrado a tu ausencia, Matthew— sollozo a que ya no estés y... aunque no quiera, lo he aceptado. —me estudia con su mirada—No voy a detenerte esta vez...te prometo que no te pediré que te quedes... Seguramente has estado en Cambridge todo este tiempo... y así tiene que ser... no seré un obstáculo... Gracias por haber venido... pero estoy bien... Puedes irte si quieres. —frunce el cejo yo continúo con mi monólogo: —El amor... lo inventó un chico con los ojos cerrados... por eso somos ciegos... Por ti suspiro... por ti vivo... por ti soy capaz de entregar mi vida entera... porque eres la persona ideal para entregarte todo el amor... y pasión que se desprende de mi cuerpo...Pero no...

Me calla con lo mejor que he sentido en toda mi vida. Con un beso, es suave, lento pero llenos de «*Te he extrañado.*»

—Mariposa, hablas demasiado.

Estudia mi rostro, debo verme fatal.

—He venido a quedarme contigo. —Lo dice con tanta firmeza que le creo.

— ¿Y Harvard?

—Olvídate de Harvard, le estás dando demasiadas vueltas a todo.

En ese momento la puerta se abre, Ana se acerca tocando su apenas creciente barriga junto con Joe, se ha dejado crecer la barba que casi no lo reconozco, Rob y Norah están aquí también y sonríen junto a mi padre. Pero hay alguien detrás de todos.

David.

Veo a Matthew, esperando una reacción entonces se acerca y susurra:

—Lo he llamado yo—me ha sorprendido a más no poder—Es tu amigo y tiene derecho a saber de ti.

Ana se acerca y me abraza, llora en mi cuello y no es por las hormonas, es de miedo y felicidad de que esté bien.

—Gracias—susurra—Nos salvaste.

—Tú lo hiciste conmigo—sonrío— Estamos a mano.

David permanece en silencio y me sonríe, entonces extiendo una mano para indicarle que se acerque. Lo hace sonriendo y puedo ver sus ojos brillantes.

La ha pasado mal pensando en que moriría.

— ¿Cómo estás? —pregunto apretando su mano.

— ¿Cómo me preguntas eso? Soy yo la que debería de preguntártelo.

Estoy perfectamente bien... todas las personas importantes en mi vida están aquí conmigo... y nadie quiere matar a nadie. —Todos carcajean.

Mientras los observo, siento una gran incomodidad en todo mi cuerpo y más en mi cabeza. La puerta se abre y es el médico en compañía de una enfermera

—Ya despertó la paciente más valiente que he tenido nunca. ¿Cómo te sientes, Isabelle?

Todo me da vueltas, sus voces suenan a paso lento en mi cabeza.

— ¿Isabelle? —pregunta de nuevo. —Soy el Dr. Lynch y quisiera que respondieras a algunas preguntas el día de hoy.

—Me duele un poco la cabeza—murmuro.

—Sufriste una fuerte contusión, es normal el dolor de cabeza; pero te daré unos calmantes. ¿Te duele el cuerpo?

Niego con la cabeza.

— ¿Sientes mareos, náuseas?

Vuelvo a negar con la cabeza.

— ¿Estoy bien? — Todas sus caras parecen haber cambiado en cuestión de segundos cuando el médico entró y ahora estoy más preocupada que nunca. —Sus caras me dicen todo lo contrario.

—Elena...—Matthew hace una pausa y todos me ven con lágrimas en los ojos. Estuviste en coma.

— ¿Cuánto tiempo? —Me tiembla la voz.

Nadie responde, el médico sigue observándome de una manera extraña.

—Isabelle, estuviste en coma tres años— Dice el médico.

༄ξ43๛

¿Estuve en coma TRES AÑOS?

¿¡TRES AÑOS!?

El estómago se me encoje y me siento mareada. Esto tiene que ser una pesadilla. No pudo haber perdido tres años de mi vida en la cama de un hospital.

¿Qué pasó con él?

¿Harvard?

¿Ana?

¿Mi padre?

La máquina empieza hacer un ruido extraño y todo empieza dar vueltas. El médico les ordena a todos que salgan pero nadie lo hace.

— ¿Isabelle? ¿Puedes oírme? —Está viendo mis ojos con una luz muy brillante.

—Respira, mariposa—Matthew sostiene mi mano y me aferro a ella. Esto tiene que ser un sueño.

Empiezo a respirar con la mascarilla de nuevo. Ana llora y Joe la consuela. Mi padre también llora y se lleva las manos a su cabello canoso.

— ¿Se recuperará mi hija, doctor?

—Si la lesión es severa, el área del cerebro donde ocurrió el golpe, puede quedar lastimada o dañada de forma temporal o definitiva. —Continúa explicando el médico: —Por milagro no hay parálisis ni problemas de memoria, pero puedo ver que tiene problemas perceptuales los cuales no son nada graves, pero hay muchos problemas más que se pueden desarrollar con el tiempo.

— ¿Cómo cuáles? —Esta vez es Matthew el que pregunta.

—La capacidad cognoscitiva,[2] además pueden mostrar incapacidad para concentrarse, para recordar y almacenar información reciente y para aprender información nueva. Pero la que más me preocupa es la epilepsia post-traumática[3], siempre aparece meses después o incluso años.

Cierro mis ojos. Y espero que cuando despierte esa noticia haya sido un mal sueño.

---

[2] Es la confusión acerca de la hora del día, dónde están, quienes son las personas que lo rodean.

[3] Crisis convulsivas que pueden ocurrir inmediatamente después de una lesión.

¿Qué pasó en tres años?

¿Y si no hubiese despertado?

Hay algunos recuerdos en mi mente. Las voces de todos ellos. Ahora recuerdo.

Todos me hablaban mientras yo permanecía inconsciente. La voz de mi padre:

—*No me abandones tú también. No ahora que te he recuperado.*

Mi padre lloraba cada vez que me hablaba.

Presiono mis ojos intentando recordar más entonces aparece la voz de Matthew:

—*El corazón no muere cuando deja de latir; el corazón muere cuando los latidos no tienen sentido y el mío sigue latiendo por ti. Mi dulce Elena.*

—*Por ti suspiro, por ti vivo, por ti soy capaz de entregar mi vida entera, porque eres la persona ideal para entregarte todo el amor y pasión que se desprende de mi cuerpo.*

—*Salvo tú y yo únicamente, por favor amor.*

—*Despierta mi amor. Mi dulce y hermosa Elena.*

También recuerdo la voz de Ana:

—*Despierta, maldición. Tienes que levantarte y conocer a tu sobrina y comprarle muchos vestidos color lila.*

Ella nació y no estuve presente, debo haberme perdido de mucho. Ana tuvo miedo del parto desde que vimos unos videos donde las mujeres gritaban y sangraban mientras que sus maridos lloraban y otros se desmayaban.

Un beso en mis manos hace que abra los ojos.

—Ahora lo recuerdo—susurro.

—Mariposa, estás ahora con nosotros.

—Lo sé. — No puedo evitar sentirme mal por haberlos abandonado y que tuvieran que cuidar de mí, esperando todos los días para que despertara. No puedo imaginarme la impotencia que sintieron durante todo este tiempo. — ¿Por qué esperaron tanto tiempo?

—Te amamos, estuviste con el respirador un año y medio, nos diste muchas esperanzas, Elena. Nunca nos rendimos

Debió ser una pesadilla para todos verme así, sin moverme, sin dar ninguna señal.

— ¿Qué sucedió con Harvard?

Él sonríe, voy a morir si me dice que estuvo aquí encerrado conmigo durante tres años y desistió de sus planes.

—Si me dices que no fuiste voy a matarte, Matthew Reed.

—Estás hablando con el máster en Lenguas y Literaturas Románicas, también realicé el curso de *Poe*. —Me besa en los labios— y estoy haciendo el doctorado. Y antes de que me lo preguntes, estudio aquí en Chicago.

Todavía no puedo ni respirar y ni pestañeo. Me ha soltado una gran noticia y me siento tan feliz pero no puedo reflejarlo.

—Pero... eso lleva tres años—más o menos— ¿Cómo pudiste hacerlo?

—Moví cielo y tierra, mariposa. Viajaba todo el tiempo, estudiaba en el avión y preparé la tesis aquí a tu lado para entregarlo al siguiente día. No me separé de ti en ningún momento, quería estar aquí cuando despertaras.

Empiezo a sollozar por sus palabras.

—Te dije que te esperaría y perdóname por no haber cumplido esa promesa, quería que te sintieras orgullosa de mí cuando despertaras y vieras que no abandoné mis sueños.

—Te amo, Matthew. —Me llevo su mano al pecho para que sienta el rápido latido de mi corazón—Estoy orgullosa de ti, siempre lo he estado.

Joe y Ana entran a la habitación. Todavía tengo que saber si es que Ana engordó o está embarazada de nuevo. Cualquiera de las dos me sentiré bien mientras sea feliz.

—Supongo que ahora tendré que llamarlos por los abogados Wood.

Ana niega con la cabeza.

—Abogada Cooper. —me corrige.

—Eres la esposa de Joe ¿no?

Ambos se ven y sonríen.

—Ana no ha querido casarse hasta que tú estuvieses presente.

Veo a Ana y está empezando a llorar y yo también.

— ¿Estás bromeando?

No puedo casarme sin mi dama de honor, dice entre sollozos.

— ¿Dónde está la bebé? —pregunto limpiando mis lagrimas.

—Nuestra bebé cumplirá tres años—Dice Joe—Iré por ella.

Sale de la habitación y Ana se queda conmigo junto con Matthew.

—Ana—toco su vientre— ¿Dime que ahora sí te casarás embarazada?

Ríe a carcajadas y toca su vientre. —Es un niño, Todo está listo para cuando te recuperes y estés a mi lado ese día.

Parece un sueño maravilloso. Es como una película adelantada para el final feliz, aunque éste no es el final. Todavía me queda terminar la universidad, ahora que tengo veinticuatro años debo hacerlo lo antes posible.

Joe entra y en sus brazos tiene una hermosa niña de rizos rubios sosteniendo un oso de peluche. Me siento sobre la

cama para que no tenga miedo al
acercarse y ella me sonríe.

—Te conoce—dice Ana—Le he hablado de
ti y te miraba dormir.

Oh, Ana.

Joe la sienta en mi regazo y ella me da un
beso en la mejilla.

— Es hermosa, tiene tus ojos, Joe, y el
cabello de Ariana. ¿Cómo se llama?

—Se llama Ana—Dice con voz quebrada.
—Igual a tu madre.

Mis ojos se humedecen y aparto las
lágrimas y le sonrío a la pequeña rubia
en mis brazos.

—Ana, eres la niña más hermosa que he
visto. —beso su frente y ella me abraza.

Estoy sorprendida. Es todo tan real. La
pequeña Ana, mi mejor amiga
embarazada a punto de casarse, y
Matthew todo un profesional.

—Me he perdido de mucho.

—No te has perdido de nada, el parto fue
espantoso—Se mofa Ana y eso me hace
salir de mi tristeza para imaginármela.

—Lamento que hayas tenido que esperar
para que despertara y poder casarse—Me
disculpo con Joe.

—También eres mi mejor amiga, Belle.

Me pregunto qué más pasó durante tres años, sólo me han dado las noticias buenas pero sé que también hay malas, la vida funciona así. No hay nada perfecto pero al menos las personas que amo se von felices y han seguido adelante.

Ahora me toca a mi.

❧Ɛ63❦

Dos semanas después me dieron el alta. Quería salir corriendo por todo Chicago, respirar el aire frío, todo. Menos estar en el hospital. Matthew se veía tranquilo. Me dijo que su madre viajaría pronto con sus hermanos. Y estos estaban felices de que ya haya despertado.

Me llamaron para darme las buenas noticias de que Nick ya era todo un médico y que Susan le iba bien en la universidad y que tenía novio.

—Tengo una sorpresa para ti—Dice Matthew.

Fire and Rain de *Mat Kearney* se apoderan de toda mi atención, mientras veo por la ventana, todo parece igual pero sé que ha pasado mucho tiempo sin que vea las hermosas calles de Chicago.

— ¿Mariposa? —baja el volumen de la canción para llamar mi atención.

—Lo siento, sé que parezco loca pero en realidad extraño todo esto.

—No te preocupes, más tarde daremos un paseo. —Besa mis nudillos.

Llegamos a casa y veo todo diferente. Es colorida y hay muchas flores en la entrada. Me da nervios entrar y encontrarme con un jardín entero por toda la sala.

Entro y las paredes tienen color, los muebles son diferentes, me gustan. Una lámpara de araña en medio la mesa, muchas fotografías de todos en marcos plateados y una gran alfombra color tierra. Hay demasiados cambios y todo es hermoso.

—Me encanta lo que has hecho con la casa.

—No has visto nada aún. —Me toma de la cintura y me trae hacia él. Me besa despacio y se me acelera el corazón. Ha pasado bastante tiempo sin sentir los labios de Matthew y no lo digo por el coma, antes del accidente ya los extrañaba.

Subimos las escaleras y caminamos por el pasillo. Me ve por el rabillo del ojo esperando mi reacción pero la verdad es que todavía no entiendo, su habitación y mi antigua habitación han quedado atrás de nosotros.

Abre la puerta y entro.

Me llevo la mano a la boca para no soltar un gemido de sorpresa. Lo primero que veo es el retrato de *El primer beso* de William Bouguereau, debí dejarlo aquí.

Sigo caminando, el retrato de *Romeo &
Julieta* de *Sir Frank Dicksee* me atrapa al
mismo tiempo que veo el siguiente, *La
abducción de Psique* de *William
Bouguereau* y por último *Los Amantes* de
René Magritte.

Un gran escritorio, una portátil y muchos
libreros. La habitación es inmensa. Hay
dos sillones de cuero grandes y un gran
televisor plano en la pared. La alfombra
es hermosa y tiene un tono suave de
color lila que apetece tumbarse sobre
ella.

Entonces recuerdo su promesa cuando
conocí a su madre.

*Te prometo que la haré un despacho para
que ambos podamos estudiar y trabajar.*

Es inevitable y empiezo a llorar.

— ¿Sorprendida? —siento el calor de su
aliento en mi cuello.

—Esto es perfecto, Matthew.

—Te prometí que lo haría.

—Ya no existe la habitación del *sexo*—
Empiezo a reír y siento que él también lo
hace.

—Es como estar en el cielo, todo se ve
hermoso, las fotografías, todo.

—Esa la dejaste en la habitación y también esto. —Dice mostrándome el colgante de mariposa.

— ¿Quieres ser de nuevo mi mariposa y llevarme a tu paraíso?

—No hay nada en el mundo que quiera más que ir juntos de nuevo a nuestro cielo, Matthew.

Toca de nuevo la mariposa que ha regresado a mi cuello y sonrío.

—Mi cielo es tu cuerpo, mi sueño tu sonrisa, mi droga tus besos, mi obsesión tus caricias, mi camino tu felicidad y mi objetivo... siempre será tu amor, Elena.

Me gira y me da un beso breve y se aleja. Yo sigo observando el resto de la habitación y me quito los zapatos para poner mis pies desnudos sobre la alfombra.

Looking For You Again de *Matthew Perryman Jones* empieza a sonar en las paredes y llama toda mi atención.

Slow regrets that live and then die

And I wrote them all down

But I know them by hour !

I've counted the cost of this loneliness

And I've paid for the crime

That one day I'd die with you in my mind.

Lentos lamentos que viven y mueren

Y yo los escribí pero, los sé de memoria

He contado el costo de esta soledad

Y ya he pagado por el delito

Que un día me iba a morir contigo en mi mente.

Se me eriza la piel, es un ritmo lento y sensual y la letra de la canción es profunda. *Soledad* es lo que sintió él al verme en esa cama sin poder moverme. Yo habría muerto lentamente si se hubiese tratado de él. Mi corazón no lo soportaría.

Se acerca lentamente y veo el brillo en sus ojos, su mirada gris da vida a los latidos de mi corazón. Mi amor ha regresado y me ha dicho que no se irá. Me ha pedido que la lleve de nuevo al paraíso y es ahí donde pienso llevarlo.

Empiezo a quitarme la ropa poco a poco

— ¿Qué haces?

—Quiero que tú me lleves al paraíso, Matthew.

De nuevo me devora la boca con impulso y le alzo la camisa por encima de la cabeza. Me tumba en el sofá, está frío pero no me importa. Pronto empezaré a tener calor al sentir su cuerpo desnudo con el mío.

—Te amo, Elena. —susurra en mis labios, mientras muerde mi labio inferior—Empiezo a escuchar de nuevo mi corazón.

—Y yo el mío, no hay nada en el mundo que me haga sentir viva que tú. Tus besos, tus caricias, el sonido de tu voz. Te amo, Matthew.

—Joder, mariposa, te he deseado todo este tiempo, espero que tu cuerpo no me haya olvidado.

—Tus ojos, tu voz, tu cabello, tú aroma, tus labios y tu cuerpo... cómo olvidarlos si me roban el aliento.

Estamos desnudos devorando cada parte de nuestro cuerpo, él me sienta en su regazo y mis piernas empiezan a temblar de deseo. Lo quiero dentro de mí de nuevo para que seamos uno solo.

Bajo lentamente, disfrutándolo, contemplando cada roce. Él gime y besa mis pechos. Echo la cabeza hacia atrás y me dejo caer por completo.

Grito de placer y él clava sus dedos en mis caderas para que empiece a moverme a paso lento.

—Lento, mariposa, quiero amarte lento y mírame a los ojos mientras lo hago.

Ahí está de nuevo esa petición que me vuelve loca.

Nuestras miradas también hacen el amor y nuestros labios empiezan a doler por nuestros besos. Pero es el dolor que siempre quiero sentir. El dolor cuando hacemos el amor, nuestras respiraciones agitadas y el sudor corriendo por nuestro cuerpo.

Bajo y subo con más velocidad, aparta mi cabello y busca mi cuello para lamerlo.

—Lavanda—susurra—Amo el aroma del paraíso.

Siento el palpitar en mi interior, estoy a punto de explotar. Me sostengo de sus hombros y bajo el ritmo, yo también quiero disfrutarlo, tenemos mucho tiempo para amarnos de esta manera.

—Matthew...

—Elena

Muerde el lóbulo de mi oreja y clavo mis uñas en sus hombros mientras lo hace. Mis movimientos son cansados y cargados de placer. Él sigue sosteniéndome de la cintura y por el movimiento de sus manos percibo que quiere que aumente el ritmo, entonces lo hago. Gimo y jadeo al mismo que él gruñe.

— ¡Joder!

Subo y bajo una última vez y me desplomo en su pecho.

— ¡Matthew!

Se derrumba conmigo explorando mi boca y encontrando mi lengua con la suya. Hemos sellado nuestro nuevo encuentro.

—Demos por bautizado nuestro despacho—dice con dificultad. Su ocurrencia me hace reír.

Caminamos tomados de las manos por las calles de Chicago, es hermoso salir a caminar pero al mismo tiempo me asusta ir por las calles, veo los autos pasar, recuerdo el accidente y sostengo fuerte la mano de Matthew.

—¿Qué pasa? —pregunta viendo mi rostro horrorizado.

—Nada—respondo y sigo andando.

No quiero que sepa que tengo miedo mientras caminamos por la calle. Ha pasado mucho tiempo y aunque algo tan trivial como caminar con mi novio sea normal, para mí se siente como algo nuevo.

Escucho las llantas de un auto rechinar a lo lejos y me estremezco.

—Respira, mi amor—me abraza—Nada malo va a pasar. Tienes que enfrentarlo, fue un accidente.

—Lo sé. —entierro mi cabeza en su pecho. —Mi cuerpo ha reaccionado al sonido. Es igual al que...

—No, no es igual. —Me interrumpe— Nada es igual, todo es diferente ahora, yo estoy contigo y no me iré a ningún lado.

— ¿Tienes hambre? —pregunto cambiando de tema.

— ¿Mi preciosa mariposa tiene hambre?

—Estoy famélica. Hasta siento que quiero comer carne.

—De eso nada, la única carne que puedes devorar es la mía.

Me sonrojo.

—Extrañaba ver eso. —dice acariciando mis mejillas. —Todavía te ruborizas.

—Por tu culpa. —Lo acuso.

—Me alegro.

Seguimos andando hasta llegar a un restaurante. El mesero nos da una mesa al aire libre. Observo a Matthew, vuelvo a estudiar su lenguaje corporal entonces me doy cuenta de algo nuevo.

— ¿Qué es eso? —pregunto señalando su mano.

Se remueve en el asiento nervioso. Nunca había visto a Matthew tan nervioso.

— ¿Matthew?

— ¿Sí?

Se está haciendo el loco y no responde a mi pregunta.

—No me hagas volver a preguntártelo.

Se ríe nervioso.

Mierda. ¿Eso es...?

Lo es.

— ¿Te tatuaste mi nombre?

Asiente y sus mejillas se ruborizan.

Oh, Matthew Reed sonrojado, es imposible.

—Lo hice al año del accidente, esperaba que despertaras y quería sorprenderte. Así que me tatué tu nombre.

—Pero parece un anillo de... casado— susurro, por miedo a mencionar la palabra *casado*.

—Puedes decirlo en voz alta, no hay nada más que anhele en el mundo que tener uno de verdad y tú tengas uno también.

Me atraganto con el agua.

¿Está hablando de matrimonio?

Me deja sin palabras. Se ha tatuado mi nombre alrededor de su dedo. Puedo ver mi nombre en letras elegantes.

Alcanzo su mano y acaricio su dedo. No lo vi antes, y es hermoso. Ahora yo también quiero hacerme uno. Sonrío para

mis adentros y Matthew me observa
mientras contemplo el tatuaje.

Elena

No dejas de sorprenderme.

Para cuando acaba la cena, regresamos
más acaramelados que nunca. Sostiene
mi mano y yo me siento más enamorada
cada segundo de mi nuevo hombre.

Así serán todos los días de mi vida, por
supuesto que quiero casarme con él. Amo
a mi *poeta* y amo todo lo que ha hecho
por mí. Puedo ver en él un hombre nuevo
y quiero conocer a Matthew Reed otra
vez.

Joe vive con Ana cerca de la casa de
Matthew. Todos están donde deberían de
estar y la preocupación se apodera de mí.
Estos tres años me he perdido de mucho
y también mis sueños se han detenido, es
demasiado tarde para que me inscriba a
la universidad, estamos a mitad de año,
así que me tocará esperar.

— ¿Está todo bien? —pregunta Matthew,
se da cuenta que me he quedado en
silencio por mucho tiempo.

—Sí, supongo.

—Cuéntamelo.

—Estoy atrasada en la universidad y todos ustedes son unos profesionales, me siento una niña que se ha perdido tres años en el limbo.

No dice nada. Sé que me entiende y sabe de lo que hablo, siempre he sido una obsesionada con los estudios y todavía recuerdo cada vez que me reprendida por estudiar tanto.

—No te preocupes. —La suavidad de su voz me molesta un poco pero no digo nada. Me limito a seguir en silencio y no llevarle la contraria.

Llegamos a casa y lo primero que quiero hacer es ir al jardín, está oscuro pero quiero ver si el árbol jacaranda sigue ahí.

Le pedí que lo destruyera así que si no está no voy a culparlo.

Abro las dos puertas de cristal que dan al jardín y veo un gigantesco árbol. Abro mi boca de la sorpresa al ver otro más pequeño al otro extremo, pero no son sólo dos, son tres arboles jacaranda. Me quedo impresionada sin poder moverme en medio del inmenso jardín. Entonces escucho sus pasos.

— ¿Sorprendida?

— ¿Por qué no me dijiste?

—Quería ver esa expresión en tu rostro.
—Me abraza.

—Da gracias a Dios que no tengo problemas en el corazón, estuviera muerta en estos momentos.

—No hables de muerte en nuestro paraíso, Elena—Me reprende—Aquí no existe nada de eso, sólo amor.

—Mucho amor—Le sonrío.

—Ven aquí—me toma de la mano—No ha terminado el día de dar sorpresas.

¿Qué más hay?

—No me digas que tú también tienes una hija—me burlo.

—Muy graciosa. —Tira de mi mano y se acerca a mi oído: —Pero cuando quieras, podemos empezar.

Oh, dioses, todos los dioses, ayúdenme, primero el tema del matrimonio y ahora hijos ¿Pero qué le picó en estos años?

Sea lo que sea, ya me está gustando. Por la expresión en su rostro se trata de algo importante. Nunca lo había visto tan emocionado. Y mi corazón se encoje con imaginarme que habría sido de Matthew si su *mariposa* no hubiese despertado.

Entramos al despacho y me sienta sobre la gigante silla de ejecutivo. Abre un cajón y me da un folder de cuero.

— ¿Qué es? —pregunto sosteniéndolo.

—Ábrelo—Me ordena.

Abro con mucho cuidado el folder y pongo los ojos como platos al ver de lo que se trata.

La Universidad de Chicago

Y en su nombre

Ministro de Educación y Ciencias Sociales

Considerando que, conforme a las
disposiciones y circunstancias
Prevenidas por la actual legislación.

Elena Isabelle Jones Bell

Título de Licenciado en Historia

(Literatura Historia Universal)

Facultad para ejercer la profesión y disfrutar
los derechos que
A este grado le otorgan las disposiciones
vigentes.

Dado en Chicago, Illinois (Estados Unidos)
1 Octubre 2011

— ¿Cómo? —me cuesta hablar, soy un mar de llantos.

—Felicidades—me da un beso en la coronilla.

Pero faltaba alrededor de cinco meses para terminar los seminarios.

—Eres una de las mejores, tu expediente demuestra que cinco meses no eran necesarios para entregarte el título. Llevaste clases avanzadas en Washington, tus ensayos eran uno de los mejores, incluyendo el que hiciste de *Poe*, tuve la oportunidad de leerlo y la profesora Smith me pidió que lo calificara en su lugar. Eres impresionante, Elena. Estoy orgulloso de ti.

No puedo hablar.

Es demasiado.

¿Cumplí el sueño de mi madre?

— ¿Crees que me dieron mi título debido...

—No—No me corta la pregunta—Te lo mereces, mariposa. No dudes de tu capacidad.

—Es impresionante—contemplo el diploma.

—Tú eres impresionante—me abraza—
Ahora lo único que tiene que preocuparte
es darme los besos y abrazos de los que
me has privado todo este tiempo.

—Con mucho gusto, profesor Reed.

᠙Ɛ83ᠵᠵ

Me veo al espejo. Parezco la misma
persona pero sé que no lo soy. Mi cabello
está largo y suave. Mi cuerpo es delgado y
mi piel notó más pálida. Observo mis
manos. —Tres años— ¿Qué podría haber
pasado en tres años?

—Mariposa, ¿Estas bien? Toca Matthew
la puerta del baño. Pensé que dormía. Me
he despertado antes que él y por muy
extraño que suene, no quiero dormir
más, lo observé dormir toda la noche, así
como sé que él lo hizo conmigo todo este
tiempo.

—Elena, ¿Estás bien?

Sigo viéndome en el espejo.

¿Será un sueño?

¿Y si todavía estoy en coma o morí?

—Estas dándole muchas vueltas—Me
rodea con sus brazos.

—Lo siento. —susurro.

—Te disculpas demasiado, mariposa. ¿En
qué piensas?

—En muchas cosas, Sé que sólo me han
dado las buenas noticias, Matthew.

—No hay malas noticias, confía en mí.

—Confió en ti.

—Me alegro.

— ¿Tienes mi teléfono?

—Lo perdiste en el accidente, te he comprado uno nuevo, está en el despacho.

Bien. acaricio una mano.

— ¿Qué pasa?

— ¿Confías en mí? —lo veo por el espejo.

—Por supuesto, mariposa.

—Me alegro.

Sonríe y me besa.

Hay ropa nueva, parece que Matthew se ha encargado de todo. Cada día me siento una persona diferente y todo lo que me rodea es nuevo y lo único que ha permanecido igual pero en grandes cantidades es nuestro amor.

— ¿Qué pasó con el Chevrolet?

—Se lo regalé a Susan y me he comprado el Mercedes.

—Un Mercedes—repito—El auténtico auto de un *sexy* profesor.

— ¿Cómo sabes que soy profesor?

—Vi tu despacho, hay una pila de exámenes en tu escritorio.

—Olvidé decírtelo—Dice: —imparto el curso de máster de literatura y escritura creativa y también enseño poesía.

—Déjame adivinar, ¿Poe?

—Muy lista— me hace un guiño y toma un sorbo de café.

Entonces recuerdo el otro mundo de Matthew. Aquel mundo que nos hizo tanto daño y aunque fue hace tres años, para mí no lo es. Todavía revivo aquellos momentos en la sala de *condenación*, la forma en cómo la gente sufría y dejaba que un extraño usara su cuerpo como un objeto para saciar su propio castigo.

— ¿Qué pasó con el polígono?

— ¿Por qué quieres hablar de ello?

—Para mí no han pasado tres años, Matthew.

Suspira y niega con la cabeza.

—El polígono sigue en pie, es mi responsabilidad, pero no participo en él como antes.

—Entonces de día eres un profesor y en las noches sigues siendo el *halcón*.

—Dijiste que me habías perdonado.

—Y lo he hecho, no voy a cuestionarte nada, pero nunca lo voy a aceptar.

—Algún día te lo explicaré.

Algún día.

Creo que eso ya lo he escuchado antes y todo empeoró.

—No quiero discutir, Elvira

—No estamos discutiendo, estamos hablando, no me trates como si fuese una idiota, no me hables en clave y mucho menos me mires así.

— ¿Cómo te miro?

—Como si fuera un experimento recién salido del laboratorio, me miras como si me romperé en cualquier segundo.

—No es verdad, me preocupo por ti es todo.

—Sé que te preocupas, Matthew, pero tienes que saber una cosa. —Respiro profundo: —Para ti pasaron tres largos años, y sé que fueron difíciles no puedo ni siquiera imaginármelo, pero para mí todo ocurrió *ayer.*

—Perdóname, tienes razón.

—Te perdono, pero no quiero que me ocultes nada, estoy bien. Es casi un milagro, así que voy a aprovechar ese milagro para seguir adelante con mi vida, y sin secretos.

— ¿Qué quieres hacer hoy? —De pronto cambia el tema y hay algo que quiero hacer.

—Quiero ver a David—Suelto sin pensarlo.

Me ve con esos ojos grises que me encantan, pero también percibo celos, unos celos un poco exagerados para mi gusto, pero es la verdad, necesito ver a David. Si hay alguien que no me mentiría ése es él.

—Bien—deja la taza sobre la mesa—Te llevaré.

— ¿Lo harás? —Su reacción me toma por sorpresa.

—Sí, espero que a su esposa no le importe.

— ¿Esposa? —Casi me atraganto con el zumo de naranja.

—Es broma—Se ríe—Sólo espero que siga manteniéndose al margen.

—Eres un idiota, Matthew—digo entre risas.

Me despido de Matthew en la entrada del nuevo apartamento de David, me pregunto qué habrá sido de su vida, la de su madre y hermanos.

Toco el timbre y espero sorprenderlo.

¿Quién es?

—Soy, Belle. ¿Puedo pasar?

— ¿Belle? —Hay un breve silencio—Por supuesto.

Escucho que la puerta se abre y subo por el elevador. Tarareo la canción del fondo. Me siento un poco nerviosa. David ha sido increíble conmigo y espero que mi accidente no lo haya hecho recaer en la bebida.

David me espera en la puerta de su apartamento, no me había dado cuenta cuando lo vi en el hospital pero ahora su rostro se ve diferente, es increíble cómo puede cambiar una persona en tres años. Se ve mayor, igual que Matthew. Su mirada sigue siendo tierna pero en sus ojos veo tristeza. Una tristeza que no había visto antes.

Lo abrazo sin que se lo espere.

—Hola, David. —Me abraza con más fuerza y suspira varias veces antes de soltarme.

Entramos a su apartamento, todo se ve ordenado y campante pero no se refleja en el rostro de quién vive ahí.

— ¿Quieres tomar algo?

—Agua, por favor.

Veo que se dirige a la cocina, luce unos pantalones de algodón y camiseta blanca, sus músculos se ven más grandes y puedo ver el oscuro tatuaje que se soma en el cuello.

—Aquí tienes—Me entrega el vaso con agua y doy un sorbo. Lo coloco encima de la mesa que tengo enfrente y lo veo.

—Tres años. —Digo sonriendo— ¿Qué ha pasado en tres años, David?

—Viniste a buscar respuestas. —No es una pregunta, está afirmando que sólo a eso he venido.

—No, vine a ver a mi amigo y sé que mi amigo jamás me mentiría.

—No ha pasado nada, solamente la hemos pasado mal, viéndote dormir por mucho tiempo.

—Te amo, siempre te amaré, despierta,
por favor.

—Isabelle, eres lo mejor que me ha pasado
en la vida, por ti mi vida cambió.

Despierta, te prometo que seré el mejor
amigo que hayas podido tener.

Recuerdo su voz. Empiezo a recordar que
él me hablaba mientras yo dormía.

—Me hablaste, me pedías que despertara.

—Le confieso tomándolo por sorpresa.

—Eso y mucho más. —Dice con tristeza
al pensar que no recuerdo lo demás.

—Dijiste que me amabas y que había
cambiado tu vida.

Se sonroja y asiente con la cabeza.

—La he pasado mal, Belle. —No me gusta
el tono de su voz.

— ¿Qué ha pasado?

—La chica que quería que conocieras—La
recuerdo— bueno eso no funcionó,
terminó engañándome. —Hace una
pausa y veo asco en su expresión. —Con
mi padre.

Oh, David.

—Lo siento mucho, David.

—Descuida, no estaba enamorado pero me sentí un idiota.

— ¿Qué hay de tu madre y hermanos?

—Mi madre se volvió a casar, a los chicos les va bien en la escuela, Mike terminará la escuela pronto.

— ¿Que hay de ti?

—Preparando el doctorado y sigo impartiendo clases, pero en la universidad.

— ¿En la misma de Matthew?

—Sí, somos colegas—se mofa.

— ¿A sí que colegas? —Repito admirada. No esperaba que los dos chicos que han estado a punto de matarse con la mirada ahora sean colegas.

Quizás después de todo hayan encontrado también el cura contra el cáncer.

—No voy a cuestionarte nada, Belle. —De nuevo me ve con una mirada tierna y cargada de agotamiento emocional. —Es admirable lo que Matt ha hecho por ti todos estos años. Yo la pasé mal, pero no te imaginas todo lo que sufrió él. —Me confiesa y continúa: — Colapsó un par de veces, no comía ni dormía y viajaba todo el tiempo.

Escuchar eso me parte el alma y me dan ganas de llorar.

—Todavía no puedo creer que hayan pasado tres años, David. Aún me siento de veintiún años, la chica que estudiaba en la universidad.

Se ríe—Lo sé. Pero lo único que importa es que ahora estás con nosotros.

— ¿Puedo pedirte algo? —pregunto sosteniendo su mano.

—Lo que sea.

—Prométeme que vas a volver a buscar el amor.

—Belle, yo...

—Promételo, David. —acaricio su mejilla.

—Ojala conociera a una chica tan dulce e inteligente como tú, y serás la primera en saber que de nuevo me he enamorado.

—Te aseguro que hay chicas más dulces que yo dispuestas a dejarse amar por chicos como tú. Estoy orgullosa de ti, eres mi mejor amigo y siempre estarás en mi vida, pero si mi presencia es un obstáculo para que seas feliz, entonces te dejaré ir para que lo seas.

Me abraza y sé que mis palabras han llegado al fondo de su corazón como en el mío. No puedo desear otra cosa que no sea la felicidad, se lo merece.

—Te quiero, Belle—Besa mi mejilla— Gracias por ser mi mejor amiga.

—De nada, profesor. Estoy segura que tus alumnas se vuelven locas cuando les hablas de filosofía.

Suelta una gran carcajada.

—Si tú supieras.

—Cuéntame.

—Las alumnas de la universidad son apasionadas pero no en materia, hay un par que siempre quieren llamar la atención, pero mi debilidad nunca ha sido las chicas que usen minifalda y escote.

Me sonrojo al recordar la noche en que lo busqué, me vestí de la misma manera provocativa y fue una debilidad para él.

—Belle, puedo escuchar tus pensamientos. —Sabe lo que estoy pensando—Lo que pasó esa noche, olvídalo, no te tortures de esa manera.

—Me siento tan avergonzada, prácticamente te rogué por *sexo*.

—No me rogaste y yo no me beneficié. —Se mofa—Estarías enamorada de mí si lo hubiésemos hecho.

— ¡David! —Me cubro las manos con la cara, es una vergüenza y él se ríe al verme envuelta en mi vergüenza.

—Debes reírte, Belle, ríete de las cosas que te han avergonzado o te han hecho sentir mal.

La verdad es que tiene razón. Estaba a punto de cometer una estupidez y David resultó ser más caballeroso de lo que pensaba. Siempre estaré agradecida con él por eso y por todo lo que ha hecho por mí.

Matthew jamás me lo hubiese perdonado y tampoco me habría perdonado a mí misma por haberme refugiado en otros brazos y utilizar a David de esa manera.

Me despido de David y Matthew le ofrece la mano. Todavía no puedo creer que estén estrechando su mano. Me quedo embobada al verlos cómo se sonríen entre sí. Son los dos profesores más atractivos que he visto en mi vida y son mis mejores amigos.

—Te veré en la boda de Ana.

—Ahí estaré. —Me sonríe y asiente.

Sostengo la mano de Matthew durante todo el camino. Sonrío para mis adentros preguntándome si mi vida podría ser mejor que ésta.

Nuestra vida juntos, la vida que perdí en tres años y el dolor que jamás podré borrar de ellos al verme en ese estado. A veces es demasiado doloroso imaginármelo y me torturo a mí misma culpándome por ello.

No quiero pensar que me he perdido de momentos significativos o que ellos me ocultan las cosas dolorosas que han vivido.

— ¿Estás bien?

Quiero ser fuerte por ellos, no quiero que se preocupen por mí, ya detuve suficiente sus vidas por un buen tiempo y no quiero hacerlo en mi recuperación. Quiero que sean felices y sigan con sus vidas al igual que intentaré hacerlo yo. Todavía me cuesta creer que Matthew esté a mi lado después de todo lo que ha pasado en nuestra relación.

—Mariposa, ¿Estás bien?

—Lo siento, estoy bien.

—Estás demasiado distraída ¿Pasó algo con David?

—No, en realidad me ha dicho un par de cosas que me han dejado un poco triste, pero ya pasará.

— ¿Qué cosas?

—Siento que ya no cree en el amor, se ha dado por vencido después de lo que le pasó con una chica.

—Lo sé, él me lo dijo.

— ¿Te lo dijo? —Me sorprende que lo sepa.

—Sí, en realidad nos hemos llevado bien todo este tiempo.

Vaya, ahora son amigos. ¿De que más me he perdido?

Las buenas noticias nunca terminan. —Río para mis adentros, estoy un poco más calmada

— ¿Por qué dijiste que se mantuviera al margen si son amigos?

—No quería confundirte, además me gusta celarte de vez en cuando. —lleva mis manos a su boca y la besa.

¿Matthew Reed celoso «de vez en cuando»?

Pero todo el tiempo está celoso.

— ¿Adónde vamos? —pregunto viendo que nos hemos pasado varias calles de donde vivimos.

—Es una sorpresa.

—Oh, Dios mío, el coma trae sus cosas buenas. —Bromeo y se tensa.

Acaricio su rostro, David tiene razón, hay que reírnos de las cosas malas que nos ha pasado en la vida.

—No tengas miedo, he despertado y no me iré a ningún lado.

—Lo sé. —Por fin respira.

Veo por la ventana y reconozco que estamos en la casa de los Cooper.

— ¿Qué hacemos aquí?

—Ya lo verás.

Arreglo mi cabello y Matthew abre la puerta, me toma de la mano y caminamos hacia la entrada de la casa. Escucho la voz de varias personas y me siento nerviosa.

La puerta se abre y Ana me da un fuerte abrazo. Toco su creciente barriga y me entra la nostalgia por haberme perdido su primer embarazo. La pequeña Ana corre en mis brazos y la cargo para darle un gran beso.

—Te ves hermosa con ella en brazos— susurra Matthew en mi oído.

Me sonrojo y bajo a la niña. Le doy un beso casto a Matthew; entonces veo a mi padre, camino en su encuentro y de inmediato empieza a llorar.

Lo abrazo y me abraza.

—No llores, papá. —Beso su mejilla— Estoy aquí.

Doy media vuelta y veo a Verónica, Susan y Nick que están con los ojos brillantes. Susan corre hacia mí y nos estrellamos en un duradero abrazo.

—Oh, Belle. Te he extrañado mucho— Solloza en mi hombro.

—Susan, mi pequeña hermanita.

Verónica se acerca, también me abraza y limpia las lágrimas de su rostro.

—Hola de nuevo, cariño.

—Hola, bella durmiente—dice Nick y todos empiezan a reír.

—Hola, doctor—me burlo—Tú nunca cambias—me mofo.

—Claro que no, las nenas me aman tal y como soy. —Me abraza como siempre lo hace, hasta que ya mis pies no tocan el suelo y besa mis mejillas.

Entonces dice en voz alta: —Espero que hayas meditado lo suficiente y hayas tomado una buena decisión. —Dice con voz firme y el cejo fruncido.

— ¿Sobre qué? — me quedo viendo con todos.

—Bueno, tuviste bastante tiempo para elegir entre estar con un profesor aburrido o con un doctor *sexy*.

Le doy un codazo y todos ríen a
carcajadas.

Todos han cambiado, pero Nick sigue
siendo Nick.

Todos están aquí y hay un rostro un poco
tímido al fondo de la sala.

—Hey, tú. —Toco su cabello— ¿Por qué
no dijiste nada?

—Era una sorpresa. —me da un apretón
en el hombro.

—Me alegro de que estés aquí, David.

—A mí también.

Es la mejor sorpresa que me hayan
podido dar. Estar rodeada de todas las
personas que forman parte de mi vida,
amigos y familiaros y el amor de mi vida.

¿Sorprendida? —me atrapa Matthew
tomándome de la cintura.

—Me encanta—alcanzo sus brazos—Eres
el mejor.

—Bueno, ya que todos estamos
reunidos—dice Ana llamando la atención
de todos. —Tenemos una buena noticia.

—Como ya ven, mi mejor amiga está de
nuevo con nosotros. —Hace una pausa—
Hemos decidido casarnos el próximo fin
de semana.

Todos empiezan a aplaudir y ella empieza
a llorar.

Hormonas.

—Te dije que no haría nada de esto sin ti.
—Se dirige a mí— ¿Quieres ser mi dama
de honor?

— ¿Dónde más podría estar? —respondo
orgullosa.

Todos empiezan a llorar menos los
hombres. Desde luego las mujeres somos

un mar de llantos y los hombres se
quedan viendo unos a otros sin saber qué
hacer.

Joe se acerca y acaricia a su prometida y
Matthew se aproxima y besa mis manos.

¿Están bien? —pregunta llevándome
hacia él.

—Sí, u un i i.n en demasiado, pero estoy
feliz

Que mi mejor amiga se case es un sueño
hecho realidad para las dos. Desde muy
pequeña imaginábamos cómo sería
nuestra boda y prometimos estar ese día
al lado de la otra cuando el momento
llegara.

La reunión era lo que realmente
necesitaba para salir de mi nube oscura,
llena de dudas y de preguntas. Ya no
tengo nada qué cuestionarme, me doy
cuenta que no vale la pena discutir lo
bueno que tengo en mi vida en estos
momentos. Los he observado a todos y
están felices.

Es lo único que importa.

Mi padre se irá después de la boda de
Ana, sus negocios van a flote y no hemos
tocado ningún tema de su *viejo* amigo. No
quiero hablar de ello, simplemente me

afectaría demasiado y no quiero arruinarlo.

— ¿A sí que tienes novio? —pregunto a Susan.

Sonríe pero no me convence. —Sí—se revuelve incómoda—Llevamos poco tiempo, es bueno conmigo.

— ¿Pero?

—Pero es muy celoso, me cela todo el tiempo, descartando los celos sería un novio perfecto.

—Los celos en un hombre es normal, pero hay que tener cuidado cuando esos celos llegan a convertirlo en una persona posesiva y violenta, la mente juega sucio y más cuando se trata de un hombre agresivo.

—No, no él no es agresivo, solamente es celoso.

Hay algo que no me convence aquí. Se ve demasiado nerviosa cuando lo describe.

—Eso espero. —Le voy a dar el beneficio de la duda, ya suficiente tuvo con el idiota de Ian y su primo.

—Él vendrá a la boda, lo he invitado y espero lo conozcas.

—Será un placer, así podre advertirle un par de cositas.

Se ríe y hay un poco de tranquilidad en su mirada.

—Tu amigo—Se sonroja—El que está de pie ahí—Señala con la mirada y veo que se trata de David.

—David. —respondo observando a David que está conversando con Matthew. Todavia es como una obra de arte verlos juntos sin que se quieran matar.

—Es lindo. —suelta y veo que al mismo tiempo se quiere retractar.

¿Susan se siente atraída por David?

Sonrío para mis adentros—Es lindo y un buen amigo, ¿Ya se conocen?

—En realidad no mucho, Matthew nos presentó pero él es raro.

¿David raro?

—No es raro, es diferente.

Ella sigue observándolo, veo brillo en sus ojos y en ese momento David se da cuenta y nos ve. Le sonríe primero a Susan y después a mí.

Oh, David se siente atraído por Susan también.

Veo a Susan— ¿Te gusta David?

Se atraganta con su bebida y se sonroja.

—Es mayor, y además tengo novio.

La negatividad es el primer paso para no querer aceptar algo que le sale por los poros.

—Bueno, voy a confiar en ti, David es soltero y *sexy* profesor como podrás ver y lo de mayor—hago una mueca: — seis años mayor que tú, tienes razón, es muy viejo para ti.

— ¿Tu crees? — ¡Te atrape!

La psicología inversa siempre funciona.

—Definitivamente—Veo que la mirada cambia y hay tristeza en ella.

—Susan—toco su mano—Estoy bromeando.

—No te preocupes, tengo novio.

—Que tengas novio no es un obstáculo para que tengas amigos, ya sea David u otro chico de la universidad.

—Calvin no me deja tener amigos— susurra.

— ¿Qué? —no me gusta nada el susodicho Calvin.

—Es demasiado celoso. —se encoje de hombros.

—Es un idiota controlador—La corrijo.

—Por favor, conócelo, te aseguro que no es tan malo como lo imaginas.

Hay miedo en su mirada y es la misma que tenía cuando vio a Ian aquella tarde. Susan parece ser un imán para los idiotas.

—Está bien.

Veo a David y después veo a Susan, ella es tierna y muy inteligente y David es todo un caballero.

Elena, ¿Qué estás pensando?

La vieja voz en mi interior me advierte pero no me importa. No voy a meter mis manos ahí, dejaré que todo fluya, y si tiene que pasar, pasará.

᠁Ɛ113᠁

La boda de Ana es hoy y estamos
preparándonos en la habitación del hotel.
Hemos pasado toda la semana
preparando cada último detalle. Será una
ceremonia pequeña, es admirable que
Ana haya tomado una decisión como
ésta. Siempre quiso una linda pomposa
tipo boda real.

— ¿Cómo me veo? —pregunta Ana, el
vestido disimula su vientre, es blanco y
conservador, la falda larga de encaje la
hace lucir como una princesa.

La pequeña Ana, lleva un vestido blanco
y flores rosas. Se ve hermosa como su
madre, sus ojos verdes resaltan y es una
pequeña versión de Ariana Cooper.

—Te ves hermosa, Ariana.

—Tú te ves hermosa, eres la dama de
honor más sexy que he visto.

Me mofo y me veo al espejo.

El vestido que Ana ha elegido para mí es
demasiado sensual en realidad, pero no
protesté porque es su boda. Es rosa
pálido descubierto de la espalda hasta mi
cadera, se ajusta a mis nuevas curvas y
el cabello lo llevo suelto para cubrir un

poco mis hombros. Matthew no me ha visto pero seguro le dará un infarto.

—Chicas, cinco minutos—nos avisa la encargada de la recepción.

— ¿Lista? —pregunto a Ana.

—Lista—responde con ojos llorosos.

La boda fue todo un sueño, no me separé
ni un segundo de Ana, Joe estaba
nervioso y por primera vez lo vi llorar y
sonreír al mismo tiempo. Matthew estuvo
a su lado y no me quitaba los ojos de
encima. Era como si estuviésemos
enlazándonos nosotros en vez de ellos.

—Eres la mujer más hermosa del lugar—
susurra en mi oído. —Pero el vestido es
demasiado escotado.

—Pensé que te gustaba lo que había
debajo.

—Me fascina, pero sólo cuando lo miro
yo.

Me sonrojo.

—Tú también te ves guapo con tu traje.
—beso la punta de su nariz.

—Gracias.

Disfrutamos de la cena y bailamos varias
canciones románticas a paso lento, el
roce de su mano en mi cuerpo me hizo no
querer irme de la pista en ningún
momento, pero mi cabeza empieza a
molestarme.

—Dejé mis pastillas en la habitación.

—Iré por ellas, no me tardo—Me da un beso breve y se va.

Me quedo observando a los demás, Susan está bailando con Calvin, lo conocí y la verdad es que no me gustó la forma en que me miró. Me pareció una falta de respeto que sólo viera mi cuerpo cuando hablábamos.

Veo que Susan sale de la pista y Calvin va tras ella a toda velocidad. Por instinto me levanto de la mesa y los sigo.

—Belle, ¿Adónde vas? —pregunta David.

—Ahora regreso, no te preocupes.

—De ninguna manera, iré contigo. —Se pone de pie y me alcanza.

Caminamos por el pasillo y escuchamos que Susan y Calvin están discutiendo.

— ¡No me voy a ir, Calvin!

—Te vienes conmigo y es una orden.

— ¿Qué demonios es eso?—Pregunta David.

—Sea lo que sea, por favor no cometas una locura—le ruego.

Nos acercamos al pequeño jardín del hotel y vemos a Calvin sosteniendo del brazo a Susan, y ésta protesta y le grita. Veo a David y se le tensa la mandíbula.

En cuestión de un segundo se abalanza contra Calvin y la aleja de Susan.

— ¿Y este idiota quién es? —pregunta Calvin hecho una bestia.

—Es un amigo—responde Susan nerviosa.

— ¿Amigo? se mofa—No será que te estás acostando con él.

El puño de David va directamente a la nariz de Calvin y éste cae al suelo. Tomo a Susan del brazo y la traigo hacia mí. Matthew y Nick se acercan detrás de nosotras y ven a David golpeando a Calvin.

—Pero qué...

Nick lo sigue y separa a David de Calvin. Susan empieza a llorar y yo intento tranquilizarla.

— ¿Qué demonios está pasando aquí? — pregunta Matthew.

—Pregúntale a él—responde David y regresa donde estamos nosotras.

Primero me ve a mí y después ve a Susan— ¿Estás bien? —le pregunta a ella, los ojos de David son de pura ternura y preocupación. Susan asiente y él se va.

—Sera mejor que empieces a explicarte, Calvin—Le ordena Matthew.

—Yo mejor me voy. — se pone de pie y escupe sangre de su boca.

Nos fulmina con la mirada y Nick lo detiene.

— ¿Qué le hiciste a mi hermana que está llorando?

—Nada.

— ¿Nada? —me quejo. —Estabas haciéndole daño y querías llevártela de aquí.

— ¿Eso es verdad, Susan? —le pregunta Matthew apretando sus puños.

Susan asiente con la cabeza con mucho miedo y empieza a llorar. Nick empuja a Calvin y le grita que se vaya antes de que lo maten entre él y Matthew. Él se enfurece y se va, no sin antes maldecir a todo pulmón.

Camino con Susan agarrada de la mano, ha dejado de llorar pero se siente avergonzada por todo lo ocurrido.

—Está bien, no te preocupes—La consuelo—Es un idiota y ya te has librado de él.

—Es increíble que escojas a idiotas para ti, Susan—Matthew la reprende, pero puedo entender su preocupación. Es su hermana menor.

—Matthew, por favor. —le ruego con la mirada y él se calla.

Volvemos a nuestra mesa y David tiene hielo en su puño. Nos ve y permanece en silencio. La cabeza me empieza a pinchar de nuevo y me quejo.

—Ten—Me entrega las pastillas—Mariposa si te sientes mal, dímelo y nos iremos a la habitación.

—Estoy bien. —respondo y tomo una.

Veo que David y Susan se ven con vergüenza, pero hay algo más. Agradecimiento y consuelo. Sonrío para mis adentros a pesar de tener un dolor increíble de cabeza y pienso en que es mejor darles un momento a solas.

—Matthew, vamos a caminar.

— ¿Caminar?

—Sí, caminar. —Hago mohín—por favor.

—Está bien.

Nos levantamos y hago un guiño a Susan. Los hemos dejado solos.

Nick no ha regresado a la mesa porque está bailando con una morena. Niego con la cabeza y me aferro del brazo de Matthew.

Nos alejamos de la mesa y se me escapa un suspiro. Todavía recuerdo cuando me sentía así cada vez que estaba cerca de Matthew y no sabía nada de él. El revoloteo de mariposas en mi estomago todavía las siento, es la mejor sensación de todas. Los primeros síntomas de atracción.

— ¿Mariposa?

— ¿Sí?

— ¿Qué tramas?

Me rio—Nada.

— ¿Caminar? —Me señala a David y Susan, los veo; están sonriendo y hablando.

¡Por fin!

—Sí, Caminar.

Misión cumplida.

ᴂℰ123ᴂ

— Ven.

—No

Ven, no tengas miedo.

—No tengo miedo.

—Entonces ven.

Camino por el pasillo, y bajo las escaleras,
está todo oscuro.

Pero la voz me dice que vaya y que no
tenga miedo.

—Nada de lo que ves, es lo que tú crees.

— ¿Por qué?

— ¿Creíste que tu vida sería mejor que
antes? No tienes idea de lo que vendrá.

— ¡Espera!

—Tengo que irme.

— ¿Quién eres?

—Tú.

— ¿Tú? ¿Eres yo?

—Sí.

—Eso es imposible.

Ella se ríe. —Imposible sería que te olvidaras de lo que eras.

—No he olvidado.

—Despierta. —me ordena.

— ¿Qué?

— ¡Despierta!

Abro los ojos y siento mi cuerpo congelarse.

¿Cómo llegué hasta aquí?

— ¡Por el amor de Dios, mariposa!

Matthew corre hacia mí, estoy tirada en el suelo del jardín. No puedo moverme, tengo demasiado frío y no sé cuánto tiempo llevo aquí.

— ¡Mierda! —Gruñe Matthew, me carga en sus brazos y me lleva hasta la habitación —Estás demasiado fría, Elena.

Me mete en la cama y se encaja él conmigo, me abraza fuerte y de inmediato siento su cálido cuerpo junto al mío y dejo de temblar.

—Por Dios, háblame mi amor.

—Yo...—Intento hablar lo más normal que puedo: —No sé cómo llegue ahí.

—Está bien—me abraza—Aquí estoy yo.

—Me estoy volviendo loca. —susurro.

—No estás loca, estás cansada.

—Lo siento. —siseo. —Lo siento mucho.

—Te disculpas demasiado, mariposa. Me trae más hacia él. —Duerme mi dulce Elena.

Y eso hago.

Duermo.

Sueño, esta vez con él. Un hermoso y cálido sueño con el amor de mi vida ojos de ceniza.

Cuando abro los ojos él ya no está en la cama conmigo. Toco mi rostro y mi cabeza ha dejado de doler aunque mi cuerpo es ahora el que se resiente.

—Buenos días—Matthew entra con el desayuno.

— ¿Desayuno en cama? —sonrío.

—Desayuno en cama—confirma.

Se ha duchado y viste de traje. Se me hace agua la boca con recorrer su cuerpo.

Es extremadamente hermoso. Y siento envidia por sus alumnas que lo ven todos los días así por largas horas.

— ¿Te gusta lo que ves?

Su voz me saca de mis soñolientos y carnales pensamientos y veo que está sonriendo.

Bendito arrogante.

— ¿Te vas?

—Sí, lamento mucho tener que dejarte.

—No te preocupes, *profesor.*

— ¿Vas a llamarme ahora así?

— ¿Te gusta? —levanto las cejas y le sonrío.

—Si fueras mi alumna sería jodidamente difícil resistirse a tu voz y esos ojos.

Me sonrojo.

—Una alumna que se sonroja—Se acerca a mis labios—Te tumbaría en mi escritorio todo el tiempo.

Me atraganto. Oh, por Dios. Éste nuevo Matthew me gusta, no, lo siguiente, me fascina.

Me quedo sin palabras y me devora la boca en cuestión de segundos.

—Detente o vas a llegar tarde, *profesor*—
Me quedo sin aliento.

Maldice en voz baja y besa la punta de mi
nariz.

—En ese caso, me alegraría mucho, pero
tengo un horario difícil.

—Lo sé.

—En el despacho te dejé algunas cosas
que quisiera que revisaras.

— ¿Qué es?

—Los programas de máster para que
comiences cuando quieras. Aunque me
gustaría que empezaras el año que viene,
no me gustan tus dolores de cabeza.

—Ni a mí, pero tengo que ponerme al día,
además no quiero que mi novio sea más
listo que yo.

—Tú eres más lista que yo, Elena.

— *La enorme multiplicación de libros, de
todas las ramas del conocimiento, es uno
de los mayores males de nuestra época.*[4]

—Cielo santo, Elena—Vuelve a mis
labios—sigue hablando así y no
conseguirás que llegue tarde, sino que
renuncie.

---

[4] «La carta robada» E. A. Poe.

—No renuncies—Lo aparto—Me gusta verte vestido así.

Me da un último beso y se va.

Me quedo en la habitación terminando mi desayuno. Ojala que Ana la esté pasando de lo mejor en su luna de miel en Italia.

Una Ana embarazada de luna de miel es difícil imaginárselo, antojos y llanto. Qué envidia.

Levanto mi trasero de la cama y me preparo para el día de hoy. Me meto al despacho y veo todos los folletos y solicitudes que Matthew ha dejado para mí y suspiro.

Fue tan detallista.

Tengo en mis manos muchas solicitudes y me sorprende al ver que Harvard es una de ellas.

¿Quiere que esté a 14 horas de él?

Eso es imposible.

¿Estará probándome?

No puedo irme a estudiar lejos, él no quería alejarse de mí y tampoco yo quiero hacerlo, tampoco irá conmigo porque está cruzando el doctorado. Entonces ¿Qué es esto?

No puedo esperar hasta que él llegue así que decido enviarle un mensaje de texto.

Hola profesor,

Espero que tu día sea tan productivo como el mío. En este momento estoy revisando las solicitudes. ¿Harvard?

Te amo.

No es fácil para mí tener que dejar a Elena en casa.

No ahora que está a mi lado después de tanto tiempo de tenerla tan cerca y a la vez tan lejos. Agradezco a Dios por despertar de nuevo entre sus brazos. La observé por tanto tiempo sin poder moverse y cuando la vi dormir hoy que desperté, se veía hermosa, tan llena de vida.

Mi dulce Elena, jamás intentaré alejarte de nuevo.

El seminario comenzará en cinco minutos, preparo algunas imágenes y mi teléfono celular vibra en el bolsillo de mi chaqueta.

Elena.

Hola profesor,

Espero que tu día sea tan productivo como el mío. En este momento estoy revisando las solicitudes. ¿Harvard?

Te amo.

Elena.

Mierda.

Percibo que su pequeña cabeza está pensando en mil cosas en este momento. Le está dando demasiadas vueltas. No puedo mantener esta conversación por un mensaje. Así que es mejor llamarla.

—Hola—responde.

—Hola, mariposa. Estoy por comenzar la clase.

Lo siento mucho, Matthew—Parece nerviosa—Pense que comenzaba dentro de una hora.

—No te disculpes, y con lo de la solicitud, es mejor que lo hablemos en casa, tengo que explicarte un par de cosas.

No responde y escucho solamente su respiración agitada.

— ¿Mariposa?

— ¿Sí?

—No es lo que crees, nena. Cuando llegue a casa te lo explicaré, pero me gustaría que lo consideraras.

— ¡No! —grita.

—Elena, por favor, no te alteres.

—Lo siento, pero no voy a considerar estudiar lejos de aquí, ni de ti.

La escucho quejarse, pero la distancia no es lo que me preocupa es más su miedo el que me sorprende.

—Mariposa, tengo que irme. Hablaremos en casa. Te amo.

—Está bien. También te amo

Regreso el salón donde ya todos me esperan. Odio sentirme así y que ella se sienta de la misma forma y no poder estar ahí. Maldigo para mis adentros y pongo mi mejor cara para empezar la clase.

—Buenos días, lamento el retraso. —pongo mi teléfono en el escritorio y me coloco las gafas para comenzar.

—La literatura del Romanticismo se produce a fines del siglo XVIII y a comienzos del siglo XIX. ¿Alguien me podría decir en qué países se desarrollaron?

Varias manos son alzadas en el aire y le cedo la palabra a cualquiera menos a *ella*.

—Sí, Señor Richard.

—Alemania, Francia y Reino Unido.

—Muy bien, se desarrolla a lo largo de todo el periodo decimonónico, y continúa ejerciendo su influencia, en varios de sus rasgos más característicos, hasta la actualidad. Los autores más importantes fueron *Johann Wolfgang von Goethe*[5] que en palabras de *George Eliot*[6] fue «El más grande hombre de letras alemán y el último verdadero hombre universal que caminó sobre la tierra». *Friedrich Schiller*[7], *Friedrich Gottlieb Klopstock*[8] que aún en la escuela, trazó ya el plan de *Der Messias*, que hace tema central a redención y sobre el que principalmente descansa su fama. Y por supuesto *Edgar Allan Poe*.

Ella cruza su pierna, está provocándome de nuevo. Pensé que le había quedado claro todo hace unos días, pero sabía que no se detendría. Aclaro mi garganta y prosigo:

—Hablaremos un poco de las más importantes figuras alrededor del mundo, y comenzaremos por el romanticismo alemán. Uno de los filósofos dominantes del romanticismo alemán, fue *Johann Gottlieb Fichte*, con su insistencia en la lucha del yo contra el «*no-yo*», creador del nacionalismo alemán y defensor del iusnaturalismo[9]. Fichte sugiere que se

---

[5] Poeta, novelista, dramaturgo y científico alemán.

[6] Es el seudónimo que empleó la escritora británica *Mary Anne Evans*.

[7] Poeta, dramaturgo, filósofo e historiador alemán.

[8] Poeta alemán, famoso por su poema *Der Messias*.

debe abandonar la noción de mundo y en su lugar aceptar el hecho de que la consciencia no tiene su fundamento en el llamado «mundo real» Fichte dice que la consciencia no necesita más fundamento que ella misma y es así que se crea el *Idealismo.*

La fulmino con la mirada para que deje de lamer su bolígrafo y *ella* sonríe, como si se tratase de una jodida broma.

—El Romanticismo francés tuvo su manifiesto en Alemania y el gran precursor en el siglo XVIII fue *Jean-Jacques Rousseau.* Su herencia de pensador radical y revolucionario está probablemente mejor expresada en sus dos frases más célebres, una contenida en *El contrato social*: «*El hombre nace libre, pero en todos lados está encadenado*»; la otra, presente en su *Emilio, o De la educación*: «*El hombre es bueno por naturaleza*», es ahí que parte su idea de la posibilidad de la educación.

Elena no necesita esta mierda, y mucho menos yo. No voy a permitir que *ella* intente hacer una de las suyas. No ahora que he recuperado mi vida. Jamás engañaría a Elena, todavía recuerdo hace

---

[9] Derecho Natural es una teoría ética y jurídica (derecho) que defiende la existencia de derechos del hombre fundados o determinados en la naturaleza humana.

tres años cuando llevé a esas chicas a la casa y la última vez la vi llorar. Me sentí como el hijo de puta que era en ese entonces.

Ya le he fallado suficiente y no pienso hacerlo de esta manera.

¡Esto tiene que parar ya!

—Y para concluir el romanticismo estadounidense proporcionó a un gran escritor y poeta, *Edgar Allan Poe*, precursor de una de las corrientes fundamentales del *Postromanticismo*[10], el *Simbolismo*, renovador de la narración gótica y creador del relato policíaco.

Mi indiferencia hace que se vuelva loca, es un capricho estúpido el que tiene por mí. Y no voy a consentir poner en riesgo mi relación, ni mi carrera por una persona egoísta e irrespetuosa en todos los aspectos.

—La próxima semana quiero un ensayo de las obras de todos estos dominantes del romanticismo. Quiero saber su punto de vista de cada uno de ellos y retomaremos de nuevo su influencia. Gracias.

---

[10] Es un movimiento cultural, estético e intelectual que nace después y a partir del romanticismo durante la segunda mitad del siglo XIX.

Todos se ponen de pie y salen del salón. Es entonces cuando veo que *ella* se acerca, mis orejas empiezan a calentarse.

—Profesor, Reed.

—Señorita, Michaels. —No la veo, ni siquiera soporto escuchar su chillona voz recargada de deseo.

— ¿Le gustaría tomar un café conmigo? Quisiera que me explicara algo acerca de la clase. —Se acerca demasiado y pone la palma de su mano en mi hombro.

—Señorita, Michaels—Quito su mano de mi hombro: —Creo que le dejé muy claro que no hay ningún tipo de *relación* entre usted y yo que no sea de profesor a alumna y por lo tanto esa relación ha concluido alrededor de tres minutos. No voy a tomar ningún café con usted ni ahora ni después. ¿Quedó claro?

—Debe ser muy especial ¿No? —me ve con recelo.

— ¿Disculpe?

—Ella, debe ser muy especial, después de tantos años...

—No le permito que hable de mi vida privada, señorita Michaels.

Si me despiden no será por confraternización, será por estrangularla.

—Es triste—desliza un dedo en mi pecho—Un profesor tan guapo y joven, abatido esperando que su *bella durmiente* despertara y ahora que lo hizo, es una lástima que...

— ¡Ya basta! —La retiro—Siga así, y me voy a tener que ver obligado a presentar una queja por acoso

Eso llama su atención y palidece. —Es la última vez, señorita Michaelu. Cuide su lenguaje la próxima vez que se dirija a mí o no respondo.

Me alejo de ella furioso y tiro la puerta detrás de mí.

Respiro hondo y pienso en Elena, ni siquiera voy a decirle lo que acaba de pasar, ella no necesita este tipo de mierda en estos momentos. Tengo que ayudarla a recuperarse.

Ya suficiente tengo cargando con la culpa.

—Está bien. También te amo.

Es la primera vez que le grito desde que
desperté, todo ha marchado bien entre
nosotros y al segundo de haber alzado la
voz me arrepentí.

Él sólo se preocupa por ti.

Se que se preocupa por mí, pero el hecho
de sólo pensar en alejarme de él me
aterra.

Hay dos solicitudes más que llaman mi
curiosidad, y una de ellas es donde
estudia y trabaja Matthew, por lo tanto
queda descartada porque no es permitida
la confraternización entre alumna y
profesor.

Pongo mis manos en mi cabeza y suspiro.

¡Animo, Isabelle!

Lo que tenga que hacer lo haré y si es
para mí, será. No voy a forzar nada, no
quiero que mi vida dependa de una
decisión como ésta. Al fin soy feliz y la
gente que amo también lo es.

Mi carrera no definirá el resto de mi vida.

Los ojos empiezan a dolerme, llevo casi
cinco horas en el ordenador. Tengo que
hacer cita con el oftalmólogo.

Ordeno un poco la casa y preparo algo de comer para cuando Matthew llegue.

Esto es como un matrimonio.

Me pregunto qué diferencia habría si Matthew y yo nos casáramos, ya vivimos juntos y prácticamente él se encarga de mí, aunque lo ultimo no me gusta mucho, siempre he sido independiente, a mi manera.

¿Qué podría cambiar?

Hijos.

Oh no, ahí está esa voz de nuevo.

¿Hijos?

Por supuesto que no.

¡Ni loca!

Solamente en pensar en la idea me horroriza, me alegro por Ariana, va por su segundo bebé, pero nunca me he considerado material para ser madre, ni siquiera había pensado antes en ello.

Tampoco sé si quiero ser madre o si Matthew quiere ser padre.

¡Ni siquiera estamos casados!

Oh, Isabelle.

Regreso al despacho para coger un libro. Extraño mucho leer y puedo apostar lo que sea que Matthew me leía cuando estaba en coma.

Observo el gigantesco librero de caoba, es hermoso y mis ojos llegan hasta el libro que le regalé. Están en una pequeña vitrina, es un tesoro después de todo. Sonrío y lo vuelvo a dejar en su lugar.

Me decido por *Eneida*.[11]

Me hundo en el mueble de cuero y leo. Leo porque amo leer y siempre que lo hago recuerdo a mi madre cuando me leía.

Fortes fortuna adiuvat:

La fortuna ayuda a los fuertes.

Mi madre lo fue, no importa lo que digan los demás, sigo pensando en que ella no se suicidó. En mis sueños nunca responde a mi pregunta y aquella extraña cita de *Poe* no tiene sentido para mí.

Todas las obras de arte deben empezar por el final.

Algún día lo sabré. Ese acto de cobardía jamás definirá a mi madre.

Por ahora debo recuperarme para lo que la vida me tenga preparado. No quiero

---

[11] Virgilio (29–19 a. C.- Imperio romano)

huir más y no quiero más secretos. Mi corazón no lo soportaría, pero todavía no sé hasta donde éste pueda soportar.

A todo he sobrevivido.

Incluso a la muerte.

Fluotoro oi noquoo ouporoo, Auhoroniu moiebo.

Si no puedo persuadir a los dioses del oiolo, movoró a los do los infiornos.

Abro los ojos y veo a Matthew de rodillas acariciando mi cabello.

— ¿Estás hablándome en latín? — susurro.

—Sí, te ves tan hermosa cuando duermes, es una lástima que tenga que despertarte pero sé que no has comido.

—No tengo hambre. —Me quejo y lo abrazo.

—Tienes que comer, levántate, vamos— Me pilla las costillas.

— ¡Para! ¡Para! —rio a carcajadas.

—El segundo mejor sonido de todo el mundo. —Dice con voz ronca.

— ¿Cuál es el primero?

Me lanza una mirada coqueta y ya sé a lo que se refiere.

—Oh, eres un pervertido. —Me sonrojo.

—Tú preguntaste—se ríe.

— ¿Elena? —su sonrisa ha desaparecido.

—Ven aquí—Se acerca a mi rostro y me toca la cara.

— ¿Qué pasa?

—Tienes los ojos irritados ¿Te duele?

—No, pasé casi todo el día en el ordenador, mañana iré por unas gafas nuevas.

Su expresión no cambia pese a mi explicación.

—Cuando te sientas mal, me lo dirías ¿Verdad? —Esa mirada no me gusta.

—Sí—sostengo su rostro para que me crea:—Estoy bien, hace mucho pero mucho tiempo que no usaba la computadora y también he leído sin mis gafas, fue mi error, lo siento.

— ¿Quieres que te acompañe mañana?

—No es necesario—Lo observo y me encanta cómo luce con sus gafas negras—Me gusta que uses gafas, eres el profesor más *sexy* que he visto en toda mi vida.

Por fin ha regresado la sonrisa a su rostro.

Nos dirigimos a la cocina para cenar. Me ayuda a poner la mesa pero tiene el cejo fruncido. Algo no está bien y puedo sentirlo. Al finalizar la cena nos acurrucamos en la sala.

— ¿Que tal tu día, *profesor?* —pregunto acariciando su pecho.

—Las clases como profesor bien, y las clases como alumno un poco cansado pero ya tomaré el ritmo de nuevo.

—Te ves cansado—acaricio su barba— ¿Está todo bien?

Suspira—Sí, mariposa. Todo está bien.

—Me alegro. —dejo escapar un suspiro de alivio— ¿Entonces?

— ¿Entonces? —repite.

— ¿Harvard?

—Quiero que consideres todas las opciones posibles, lo mejor para ti y no quiero que tengas límites en cuanto a tu carrera, mariposa.

—Sabes que no me iría lejos de ti, ya sea Harvard o cualquier otra.

—Yo tampoco quiero, pero no quiero ser un obstáculo para ti.

—Suenas como yo.

— ¿Perdón?

—Eso era lo que te decía yo cuando pensaba en que te irías lejos a estudiar, te dije que no iba a ser un obstáculo para ti y que te apoyaría.

—Elena, tu carrera es importante, eres una de las mejores, por supuesto que quiero que vueles lejos.

—No voy a separarme de ti, Matthew, no me hagas esto, no ahora. —Mi voz suena casi un sollozo.

—Mírame—me exige pero no me muevo: —Elena, mírame.

Lo veo—Donde tú vayas, iré contigo, no quiero que pienses lo contrario, te amo.

—También te amo. —Besa mi frente—Ya tomé una decisión, me decidí por UC, tienen el mejor curso de máster y empiezan en un mes.

—Sí eso es lo que quieres, te apoyo— Parece contento: —Pensaste en la mía, ¿verdad?

—Por supuesto, y no quiero que hagas realidad esa fantasía de tumbar a tu alumna en el escritorio, eso acabaría con la carrera de ambos.

—Muy lista. —vuelve a acunarme en su pecho—Mañana iremos de compras.

— ¿Compras? —Matthew casi nunca va de compras— ¿Qué comprarás?

—Un auto—responde sin más.

¿Un auto? ¿No te gusta el Mercedes Benz?

Amo mi auto.

— ¿Entonces?

—Te compraré un auto. —Lo dice como si fuese cualquier compra en un supermercado.

—No necesito un auto, puedo andar.

—De ninguna manera, mariposa. Te compraré un auto y no fue una pregunta, es un hecho.

Hay cosas que nunca cambian.

— ¿Qué cosas?—Oh, lo dije en voz alta.

—Tú controlando todo.

—Todo lo que tenga que ver con lo que siento por ti no ha cambiado ni cambiará, mariposa. Puedo decirte que te amo el doble y te protegeré también el triple de lo que solía hacerlo.

—Te olvidas de ser posesivo.

—Eso también, y sé que te encanta.

La verdad es que sí. Me encanta y mucho.

— ¿Cómo me veo? —pregunto viéndolo
por el espejo.

—Te ves hermosa, uu una lástima
esconder esos preciosos ojos de
mariposa.

Tendrás que acostumbrarte, *profesor*. A
mi también me gusta ver tus ojos. Pero
debo confesar que verte usando gafas, *me
pone.*

— ¿Te pone? —Veo malicia en su mirada.
—Elena Jones, le *ponen* las gafas. —
Vuelve a repetir con cierta arrogancia.

—Serás creído, Matthew Reed.

—Es increíble, escucharte hablar así,
¿Dónde está mi *tímida* mariposa?

Su comentario me hace sonrojar de
inmediato. Tiene razón en lo que dice y
hasta yo me he sorprendido por mi
comentario.

—Ahí está, mi dulce Elena ruborizada—
Me da un beso casto en los labios.

—Viéndolo bien—dice—A mí también me
pone verte usando gafas, desde la
primera vez que te vi lo supe.

Lo recuerdo muy bien, y también recuerdo a su amiga ese día marcando territorio.

—Sí, fue la primera vez que me llamaste mariposa o en tu lenguaje arrogante: *Lepidóptera.*

—Estabas tan envuelta en tu burbuja ese día, ni siquiera me viste a los ojos cuando me acerqué.

—Me intimidabas—confieso—Y tu novia te estaba esperando.

Se mofa—Que no era mi novia.

—Bueno, lo que sea. —Pongo los ojos en blanco—Te besuqueaste con ella en mi presencia y casi vomito en mi comida.

Mi comentario no le hace tanta gracia— Lo siento, era un idiota.

—Está bien, todos éramos unos idiotas.

—Me alegro—Me abraza—Tenemos que ir a la agencia tu nuevo auto espera.

Salimos de la clínica y mientras, yo tarareo la canción que suena en el auto.

—Me encanta cuando cantas.

— ¿Te encanta?

—En tu lenguaje: *Me pone.*

Le doy un codazo— ¡Oye! No te burles.

—No me burlo, me encanta que mi chica rompa las reglas de modales de vez en cuando.

—Olvidas cuando te mande a la... mierda—susurro.

—Sí lo recuerdo y estabas tan enojada que esperé otro par de insultos más.

—Lo siento por eso. —me estremezco

No te disculpes, quedó en el pasado. Mejor dime ¿Qué auto te gustaría?

—No lo sé, nunca he tenido uno.

— ¿Por qué? —pregunta y yo me encojo de hombros.

—Me gusta caminar, y todo me ha quedado cerca, además no me gustaba gastar el dinero que mi padre enviaba a mi cuenta.

—Bueno, pero ahora lo necesitas, la universidad no queda tan cerca como la anterior, así que dime ¿Qué auto quieres?

— ¿Puedo escoger? —Asiente— ¿Y si elijo uno demasiado caro también lo comprarías?

—Ya te he dicho que por el dinero no te preocupes.

Rio para mis adentros al recordar el primer día que fui a su casa.

—Me gustaba tu auto, el Chevrolet cromado.

—Es un bonito auto, veo que a las chicas les gusta, Susan desde que lo vio se enamoró de él.

—Es perfecto

—Bien, un Chevrolet será. —Pone los ojos en blanco. —y después nos encargaremos de tu licencia de conducir.

Mi nuevo auto es precioso aunque no entiendo su insistencia, siempre es él el que conduce y cuando salimos de la agencia ni siquiera me dejó estrenarlo.

Hemos pasado todo el día juntos, y ahora disfrutamos de una rica cena en un hermoso restaurante.

Su cuerpo está aquí pero siento que su mente está muy lejos.

— ¿Estás bien? —pregunto tomando su mano.

—Sí—Me sonríe pero no me convence.

—A ver, Matthew Reed— sentencio:—Te conozco y por lo que sé, parece que tengo más de tres años de hacerlo, así que me dices qué te ocurre o voy a pensar lo peor, así que anda, cuéntamelo.

Me observa perplejo y muerde su labio inferior. Cierra sus ojos y por fin abre la boca para hablar:

—Hay una alumna. —Confiesa nervioso: —Ha estado un poco irritante desde que empecé a impartir el curso.

— ¿Te acosa?

—Es probable, pero le he dado un ultimátum, si continúa comportándose así me veré en la obligación de reportarla, sus comentarios e insinuaciones son fuera de lugar y me enfurecen como no tienes una idea.

Es la primera vez que Matthew me confiesa algo así, nunca hemos tenido una conversación de este tipo y no siento enfado por él, sino por esa chica, sea quién sea no voy a permitir que obstaculice y ponga en peligro la carrera de Matthew.

— ¿Qué cosas te ha dicho?

—Elena, no voy hablar de eso contigo, no tiene sentido que cargues con eso.

—Por favor, quiero saberlo.

Aprieta sus ojos y suelta un gran suspiro.

—Ayer al terminar la clase me invitó a un café y obviamente me negué—dice: —Dijo que era una lástima que haya tenido que pasar por...

¿Por?

—Se ha enterado de lo que te pasó— responde con tristeza: Ha dicho conon que

Le duele.

Le duele lo que me pasó y que la gente hable de ello, que sientan lástima por mí y por él.

—Matthew, mírame—Le exijo y me ve, su mirada gris se ha apagado por lo que acaba de confesarme.

—Eres el mejor chico que he conocido, el mejor amigo que alguien pueda tener, el mejor hijo y hermano, pero sobretodo el mejor hombre al que puedo amar.

Envía su mirada lejos de la mía.

—Mírame, no he terminado. —Hace lo que le pido y continúo: —Ahora eres todo un hombre, el mejor para mí y para todos los que te queremos, y yo te amo, eres mi novio y mi mejor amigo y lo que hiciste por mí no es motivo de lástima o que te enfurezcas por ello.

—Pero...

—No—Lo corto—No hay peros, la gente puede hablar todo lo que quiera, no nos vamos a salvar de ello. *La chica que estuvo en coma tres años.* Es un buen título no crees. —me rio al respecto y él no lo hace.

—Puedes reírte.

—No es gracioso. dice muy serio.

—Sé que no es gracioso lo que me pasó, no me refería a eso. Tenemos que aprender a sonreír de nuevo a pesar de las malas cosas que nos hayan ocurrido en el pasado. Esa chica, tu alumna, se ha sorprendido de lo que tú hiciste por mí, y no es la única. Yo también me sorprendo de que todavía sigas a mi lado, detuve tu vida por tres años, te arrastré a que estuvieras conmigo día y noche en la cama de un hospital, jamás voy a intentar ponerme en tu lugar, sólo tú sabes lo que sentiste viéndome así por tanto tiempo.

—No había día y noche en que no le reprochara a Dios. —susurra.

—Dios te escuchó. He despertado y estoy contigo, no culpes a Dios de las pruebas dolorosas, Matthew. Agradécele como yo lo hago porque desperté. No te enfades con Él ni con nadie, porque no hay culpables, ni siquiera lo es el conductor y él desgraciadamente murió. ¿Te imaginas lo que sufrió su familia? ¿Te imaginas que a Ana le hubiese pasado algo o al bebé? O si yo también hubiese muerto.

Él no responde, permanece serio con sus manos entrelazadas tocando su barbilla.

—Deja de culparte porque no estuviste ahí Se sorprende: puedo verlo en tu mirada, siempre que me pasa algo malo, te culpas. No es tu culpa, Matthew. A veces pasan cosas malas, terribles que no sabes el por qué, pero suceden. Siempre queda algo bueno de ello, y tenemos que ser agradecidos.

—Mi chica es más lista y fuerte que yo. — Sonríe: —Tienes razón, perdóname por no verlo de esa manera.

—Bien, dicho eso, tienes que tener mucho cuidado con ella, no me gusta nada eso, pero tampoco quiero que me lo ocultes.

—No lo haré, lo prometo.

—Y sí estoy celosa, pero no puedo hacer nada al respecto, eres Matthew Reed, mi *sexy profesor.*

Ríe a carcajadas.

—Bien dicho.

—Oh, por favor, acabo de inflar tu ego. —me llevo las manos al rostro en burla.

Me ve y sólo sonríe.

— ¿Qué piensas?

—*Poe* decía que: *La vida real del hombre es falsa principalmente porque siempre está esperando que ha de serlo pronto.* Pero desde que te conocí no he dejado de ser feliz, incluso cuando dormías, parte de mí era feliz porque aún estabas con nosotros. Aunque no pudieras verme o tocarme, estabas ahí.

Sus palabras tocan mi corazón y se me llenan los ojos de lágrimas, lágrimas de felicidad.

—A veces siento lástima por tu maestro *Poe*.

— ¿Por qué? —mi comentario lo sorprende, nunca se lo he dicho.

—Él perdió a su Elena.

Asiente con dolor.

—Pero yo jamás perderé a la mía.

Jamás es una palabra muy grande, pero es así como es nuestro amor.

⹀Ɛ163⹀

Las primeras dos semanas de clases han sido todo un reto, me encanta mi carrera y cada día me siento con más energías, no han regresado los dolores de cabeza ni las pesadillas. Matthew no me ha comentado nada de su alumna, supongo que ella lo ha entendido y dejará su capricho a un lado.

Ariana y Joe han regresado de su luna de miel e inaugurarán su nuevo despacho de abogados como *Wood & Wood*.

Estoy muy orgullosa y feliz por ellos.

— ¿Cómo van las clases? —pregunta Ana mientras da de comer a la pequeña Ana.

—Me va bien, ¿Qué tal las náuseas?

—Han desaparecido—se mofa—Cuando estaba embarazada de Ana me duraron los nueve meses e incluso en el parto vomité.

Ya veo por qué dijo que no me perdí de nada. Al contrario me perdí del gran drama.

—He estado pensando en algo. —confieso.

—Cuéntamelo.

—Quiero trabajar.

—No tienes que trabajar, suficiente estrés causa la universidad.

—Lo sé, pero no me siento bien conmigo misma y que mi novio pague todos mis gastos.

—Te entiendo, pero por salud es mejor que esperes un poco.

Me siento bien, quiero hacerlo pero no tengo idea en dónde.

— ¿Lo has hablado con Matthew?

Ni siquiera lo había pensado.

—La verdad no y supongo que reaccionará igual de exagerado que tú o peor.

—En eso te doy toda la razón, habla con él. Quizás él si te haga entrar en razón, pero lo que decidas te apoyaré.

—Más te vale.

—Te veo mañana en la inauguración. — Me despido de Ana.

—Más te vale. —me grita.

Al llegar a casa le doy mucha vueltas al asunto. Es lo que quiero hacer, quiero trabajar y en la docencia mucho mejor, aunque será un reto por mi falta de experiencia.

Voy al despacho y veo la oferta de empleos. Hay muchas que me interesan, es mi área pero piden dos años de experiencia en la docencia, y eso me decepciona, de igual manera preparo mi currículo y lo envío.

Escucho la puerta principal que se cierra y salto del susto. Matthew ha venido temprano y no le hará ninguna gracia lo que tengo pensado hacer y mucho menos que ya envié currículo.

—Hola, mariposa—Me besa en los labios.

—Hola, *profesor*. —Lo abrazo fuerte— ¿Qué tal tu día?

—Un poco cansado, tengo que entregar unos trabajos, será una noche larga.

— ¿Hay algo en lo que te pueda ayudar?

—Sí, con tus besos para animarme y tu compañía pero te llevaré a la cama antes de media noche para que descanses, yo me quedaré aquí.

Hago mohín.

—Puedo dormir aquí en el mueble, es cómodo.

—No, mariposa. El mueble es muy frío, te quedarás en la cama y no hay negociación, ya sabes que no fue una pregunta.

—Bien, ¿Tienes hambre?

—Sí, pero por lo que veo estás muy cansada, mejor pediremos algo.

—Huu luídu mí monté.

Media hora más tarde estamos acurrucados comiendo una pizza vegetariana y tomando vino.

Estar al lado de este hombre al que tanto amo, me ha dado el valor de perseguir mis sueños, él me ha enseñado a tener fe de nuevo. Lo que hizo por mí es admirable, esperar. Todo está en la palabra *esperar.*

Tengo miedo de que no quiera que trabaje. Se ha convertido el triple de protector y lo que menos quiero es que esté más preocupado. Aunque trabajar nunca ha matado a nadie y creo que es lo que necesito. Despejar mi mente y entrenarme para ser la docente que quiero ser en el futuro.

Lo observo en su despacho, está con el cejo fruncido escribiendo en el ordenador. Se ve tan atractivo con sus gafas y cabello desaliñado.

Tengo un libro en mis manos pero he leído la misma página dos veces, no

puedo concentrarme, lo veo y no sé cómo
decirle que quiero trabajar.

—Pagaría por entrar en tu mente y saber
lo que estás pensando en estos
momentos, mariposa.

Me ha pillado.

—No hay dinero suficiente en el mundo
para algo como eso.

— ¿En qué piensas?

Niego con la cabeza y sigo fingiendo leer.

— ¿Vas a seguir con la misma página
otra hora más?

Oh.

—También he estado apreciando las
vistas y no has cambiado la página. —me
observa a través de sus gafas y su mirada
es seria. Sí, me ha pillado.

—No es nada, sigue trabajando. —le
espeto.

—Mariposa, ven aquí.

—No, sigue trabajando, no te quiero
atrasar.

—Vienes o voy por ti—me reta.

Lo veo. Está hablando en serio. Me
levanto y camino hacia él, me sienta en
su regazo y acaricia mi cabello.

—Dime ¿Qué sucede?

—No quiero que te molestes—susurro en su hombro y empieza a tensarse.

—Mariposa, no me asustes.

—No es nada grave, al menos no para mí.

—Está bien, pero no te prometo nada.

Lo sabía. Que Matthew no se moleste por algo sería un milagro. Siempre tiene que ser controlador y sobreprotector en todo.

—Quiero trabajar.

Espero una reacción pero no dice nada.

—Matthew, quiero trabajar.

—Te he escuchado. —dice y su tono no me gusta.

Me aparto de él y lo veo a la cara, está tenso, tiene los ojos cerrados y la cabeza hacia atrás.

— ¿Qué necesitas? —Abre los ojos y me ve: —Dime qué necesitas para que quieras trabajar.

—No necesito nada, no es por dinero que quiero trabajar.

— ¿Entonces? —Está molesto.
Justamente lo que temía.

—Quiero hacerlo, siempre me ha gustado trabajar, quiero tener experiencia en la docencia y puedo hacerlo ahora que soy recién licenciada.

—Puedes trabajar cuando termines el máster.

—También puedo hacerlo ahora, me ayudará con el máster y el doctorado.

—Mariposa, no necesitas trabajar, me gusta hacerme cargo de ti.

— ¿Cargo? —Ahora soy yo la que está molesta—No me gusta que pagues todo por mí, lo haces desde que vivo contigo y me siento... me siento una carga y tú lo acabas de decir.

—No eres ninguna carga, Elena. Me referí a que no necesitas trabajar, al menos no ahora que...

— ¿Qué? —lo corto. — ¿Crees que no puedo trabajar porque estuve en coma tres años?

No responde y se ha dado cuenta que ha cometido un error.

— ¿Crees que soy una inútil? —susurro.

— ¡No! Por supuesto que no, mariposa.

—Me siento bien desde que desperté— Miento: —Mi vida ha dado un giro demasiado rápido, lo sé. Pero he retomado los estudios, me va bien en las clases, no tengo problemas de concentración mi cuerpo no ha tenido ningún tipo de secuelas de las que habló el médico. No veo cuál es el maldito problema que me impida trabajar.

—Elena, no te alteres, no te hace bien.

— ¡Basta! —grito y me levanto de su regazo. —No me hables como si estuviese enferma, Matthew y no me vuelvo loca, odio que me veas así, estoy bien.

Me llevo las manos en la cabeza, tiene razón, alterarme hace que me duela la cabeza.

—Elena, por Dios, siéntate y escúchame.

— ¡No! Escúchame tú a mí—Lo señalo: —Voy a trabajar, te guste o no, lo haré, no hagas que me arrepienta de haber venido a vivir contigo.

Las palabras que salen de mi boca me duelen más a mí que a él, pero es la verdad. Acepté vivir con él para empezar una vida juntos, no para ser una *carga*.

—Mi amor—se acerca no va a funcionar esta vez, estoy furiosa con él.

—No quiero sentirme inútil, Matthew. Quiero recuperar mi vida, tienes que dejarme, tengo que llevar una vida normal y eso intento.

—Me preocupo por ti, perdóname, no me expresé bien, no eres una carga para mí.

—Me abraza: — No quiero que te sientas de esa manera.

—Lo siento, no debí gritarte. —Me aferro a su abrazo.

—Entiéndeme un poco, por favor—me toma con sus manos el rostro y veo la preocupación en su mirada. —Te pido un poco de tiempo para pensarlo, no tomes una decisión tan rápido. Prométemelo, mariposa. Prométeme que no tomarás una decisión sin consultarme.

Me está matando. Envié más de dos solicitudes de empleo. Pero debido a mi experiencia quizás no llamen, así que omitiré ese detalle con él.

—Te lo prometo.

La noche fue muy larga, dormí sola y
desperté sola. Parece que Matthew no
durmió nada o seguía demasiado
enfadado y prefirió dormir en el
despacho.

Me arrastro fuera de la cama y veo una
nota en la mesa de noche.

**Te veías tan hermosa durmiendo; que no quise
despertarte.
Lamento lo de anoche, te lo compensaré.**

**Te amo.
M.**

Sonrío para mis adentros. Y al mismo
tiempo me siento culpable, le he ocultado
que ya he enviado solicitudes, y él ha sido
honesto conmigo. Hablaré con él después
de la inauguración de Ariana y Joe.

Al llegar a la universidad, es costumbre
que lea un poco antes de entrar al salón.
Siempre llego un poco temprano y el
hábito de leer me relaja.

—Hola—La voz masculina me hace
levantar la mirada y verlo a través de mis
gafas.

—Hola—respondo y lo veo. Parece de mi edad y lleva consigo dos libros, es alto y rubio, muy atractivo y parece amigable.

—Eres, Isabelle ¿No? —Por una extraña razón me he presentado con mi segundo nombre esta vez.

—Belle.

Somos compañeros del curso, quería presentarme, soy Glen. Glen Ross.

—Un placer conocerte, Glen.

—Eres nueva, nunca te ha había visto por aquí. —Ha sido una observación un poco lógica pero me limito a asentir.

—Algo así, he empezado el máster un poco tarde pero, mejor tarde que nunca. ¿No crees?

—Así es, creo que nos llevaremos bien. ¿Te molesta que te acompañe?

—En absoluto.

Él se sienta a una distancia favorable y coloca sus libros en medio de los dos.

—La clase de la semana pasada estuvo fatal, ¿Viste cómo la profesora Chong casi se queda dormida con su teoría de la historia como disciplina académica?

—La verdad es que estaba un poco aburrida pero igual de entretenida.

—Lo es, ¿A qué te dedicas misteriosa Belle?

— ¿Misteriosa Belle?

—Sí, jamás te veo hablar con nadie y nunca te había visto por aquí, seguramente vienes de otra universidad ¿No?

Claro que no, estuve en coma tres años pero si le digo eso va a pensar que soy un fenómeno o un milagro de vida.

—Algo así—me limito a decir. —He retomado los estudios, estuve ausente por mucho tiempo.

—Eres misteriosa—sonríe: —Me gusta eso de ti, Belle.

— ¿Y tú a qué te dedicas, Glen?

—Trabajo aquí en la universidad, doy clases a los de primer año.

—Eso es maravilloso. —siento un poco de envidia.

—Sí, es genial, hay una plaza disponible, ¿Te interesa?

Mi suerte no podía ser mejor.

—No sabes cuánto me gustaría trabajar, pero no tengo experiencia, solamente he impartido tutorías.

—Deberías de intentarlo, ¿Tienes un currículo contigo ahora? Yo podría ayudarte a conseguir una entrevista con la dirección académica.

— ¿Harías eso? —Glen sonríe y asiente:
—De hecho, tengo uno aquí conmigo.

Busco en mi carpeta y le entrego uno. Lo observo como lee detalladamente y su expresión es toda una sorpresa.

— ¿Estás bromeando? —dice sorprendido: —No necesitas experiencia, sabes cuatro idiomas, y por el historial académico, has llevado clases avanzadas desde que empezaste la universidad.

Me siento avergonzada, no quiero parecer arrogante, pero de hecho mi currículo habla por sí solo.

—Seguro se necesita un máximo de dos años de experiencia.

—Te ayudaré, misteriosa Belle, estoy seguro que podrás conseguirlo.

Glen, parece ser una buena persona. Durante mucho tiempo no conocía a personas como él. Ariana, Joe y David han sido mis únicos amigos, y me sorprendo al ver que Glen puede ser también uno de ellos.

Por otro lado, no debo tomar ninguna decisión sin decírselo a Matthew, no puedo ser egoísta y entiendo su preocupación.

—Gracias, Glen. —Le devuelvo la sonrisa: —Es hora de ir a clase.

Al finalizar recibimos un comunicado a última hora para presentarnos a un nuevo seminario que impartirá la profesora Chong.

—Es de carácter obligatorio anncia la profesora Chong: —Por lo tanto nos veremos en el auditorio C en quince minutos.

La inauguración de Ana y Joe es dentro de tres horas y el seminario durará alrededor de dos horas. Busco mi móvil para llamar a Matthew y decirle que llegaré un poco tarde.

— ¡Demonios! —maldigo en voz baja.

— ¿Qué sucede? —pregunta Glen.

—Me he dejado el móvil en casa.

Matthew se pondrá furioso. Espero que no haya estado llamándome como loco.

—Puedes usar el mío. —Se ofrece Glen.

—Gracias, pero no, supongo que no pasará nada si no se pueden comunicar conmigo mientras estamos escuchando a la profesor Chong. Espero no se quede dormida—Bromeo y ambos reímos.

Salto a mi auto al finalizar el seminario y apresuro a llegar a casa. Matthew debe de estar preocupado y su cejo debe estar congelado y muy fruncido.

Debí dejar el móvil en el despacho.

Minutos después estoy en casa, salgo del auto corriendo y veo el mercedes de Mathew afuera. Me dirijo escalera arriba y voy al despacho donde debe estar mi *profesor*.

—Matthew, lamento mucho llegar a esta hora, tuve un seminario. —Veo a Matthew, está sentado y tiene un vaso en la mano, lo que parece ser whisky.

— ¿Matthew?

—He estado preocupado por ti toda la tarde—susurra pero no me ve: —estuve llamándote para saber cómo estabas, no me gustó haber discutido contigo anoche.

Pone su trago en la mesa y busca mi rostro. Su mirada gris me indica que no solamente está molesto, también está decepcionado.

—Matthew, lo siento. Debí llamarte pero no pensé que sería tan grave atrasarse un par de horas.

— ¿Tan grave? —Repite—Que te hayas demorado no es lo grave, Elena.

— ¿Entonces dime qué pasa? No sé qué hice mal para que estes tan entadado conmigo.

Víntera, tenemos que estar en la inauguración en media hora.

Respiro hondo y hago lo que me pide. No me gusta discutir pero éste no es el mejor momento para hacerlo.

En todo el camino no me dirigió la palabra, no dijo nada en absoluto y cuando intenté disculparme nuevamente y se limitó a decir que hablaríamos después.

—Muchas felicidades, Ana—La abrazo— Esto es increíble, estoy orgullosa de ti.

El despacho está repleto de abogados y personas importantes. Algunos viejos amigos de Joe y de Ana de la facultad de derecho. Matthew habla con Joe y sólo me dedica miradas de desaprobación.

Hay algo que hice mal, pero no tengo idea de lo que puede ser.

— ¿Pasa algo entre tú y Matt? —Pregunta Ana—Hay mucha distancia entre ustedes esta noche, siempre están como siameses.

—Hemos discutido un poco. —Le confieso: —Quiero trabajar y se lo ha tomado como una bomba.

—Y con mucha razón—Me fulmina con la mirada: —No estás en condiciones en trabajar, Belle. Debes recuperarte, que estés estudiando ya es mucho.

— ¿Tú también irás por ese camino? —Es increíble.

—Solamente te digo que deberías esperar un poco hasta que estés totalmente recuperada.

—Lo que tú digas, Ariana. —No voy a discutir con mi mejor amiga por algo que estoy segura que no pasará. Soy una recién licenciada y sin experiencia en la docencia universitaria.

Decidí cambiar el tema y hablamos de su embarazo y de la pequeña Ana. Todo marcha de maravilla y Joe está emocionado con la llegada del bebé que será dentro de unos meses.

—Debo saludar unos colegas, te dejaré sola unos minutos.

—Por supuesto, abogada Wood.

Sonríe y hace una mueca.

Recorro el pequeño vestíbulo del
despacho en busca de Matthew pero no lo
veo por ningún lugar. La cabeza me está
dando vueltas de nuevo y me siento para
masajear mi sien.

—Eres la amiga de Ana y Joe ¿Cierto?

Doy un brinco al escuchar la voz
masculina enfrente de mí.

—Lo lamento, no quise asustarte—se
disculpa: —Soy Owen Wood, el hermano
de Joe.

¿Hermano de Joe?

—No sabía que Joe tenía un hermano—
Digo: —No lo vi en la boda.

El tal Owen en realidad es una copia
exacta a Joe, el mismo cabello y los
mismos ojos, pero se ve un poco mayor.

—Lo sé, he estado un poco ausente por
mi trabajo, pero no me iba a perder nada
de esto.

—Entiendo. —Aunque no deja de ser
extraño que no haya estado en la boda de
su hermano.

—Soy Isabelle Jones. —me presento.

—Isabelle Jones—acaricia mi nombre y sostiene mi mano, llevándola a su boca y besando mis nudillos: —Es un placer conocerte, Belle. Joe me ha hablado mucho de ti.

La forma en como dijo el diminutivo de mi nombre con tanta confianza no me gusta, pero es el hermano de Joe, supongo que en realidad le ha hablado de mí, aunque yo de él no sé absolutamente nada.

—Espero que no te importe que te llame Belle—Parece que se ha dado cuenta de mi reacción.

—Eres el hermano de mi mejor amigo, supongo que no.

—Lamento haberte asustado y presentarme yo solo, mi hermano no ha querido hacerlo.

¿Ah?

— ¿Por qué? —Que Joe no haya querido presentarme a su hermano es extraño.

—Siempre me aleja de las chicas lindas.

Esto es incómodo. Me remuevo en mi asiento y veo a mi alrededor, no hay nadie y no quiero ser obvia y salir corriendo, aunque eso es exactamente lo que debería hacer.

—Supongo que tendrá sus razones. —veo mis nudillos apretados.

—Mi hermano menor siempre ha sido un poco exagerado, decidió ser padre siendo tan joven y casarse, aunque me sorprendió que haya esperado tanto tiempo para hacer lo último.

Por lo que veo no sabe que la razón por la que Joe se casó tres años despues del nacimiento de su hija, fue por mí. Esto me indica que no son tan unidos y que no sabe nada al respecto.

—Creo que deberíamos regresar—me pongo de pie incómoda y él me imita. Se acerca a mí demasiado rápido y es tanta la incomodidad que me hace tropezar en mis tacones al intentar alejarme. Owen se impulsa y me sostiene de la cintura, estamos demasiado cerca que hasta puedo sentir su aliento mentolado. Me estudia y busca mis labios mientras sus manos todavía están en mi cintura

— ¿Qué está pasando aquí? —Me sorprendo al escuchar esa voz y me suelto del agarre de Owen.

Matthew y Joe.

—Yo...—tartamudeo.

—Estaba conociendo a tu amiga, Belle, hermanito. —Dice con arrogancia: —Ya que tú no quisiste presentarnos, he venido a hacerlo yo mismo.

Los ojos de Matthew exterminan a Owen.

Al menos Matthew lo conoce.

—Ella ha tropezado y por suerte le he tundido una mano.

—Una mano que no te gustaría perder, Owen —le gruñe Matthew: Sabes perfectamente que es mi novia.

Owen sonríe y asiente con la cabeza.

—Lo sé, y no le he hecho ninguna propuesta indecente, solamente nos estábamos conociendo. No tienes de qué preocuparte *halcón*.

Aprieto mis ojos y ahora soy yo la que lo fulmina con la mirada. Que lo haya llamado de esa manera hace que mi sangre se caliente.

Camino hacia Matthew y Joe, mientras éstos siguen fulminando con la mirada a Owen.

—Me tengo que ir, un vuelo me espera— dice Owen: —Ha sido un placer volver a ver a mi pequeño hermano. Saluda a nuestros padres de mi parte y despídeme de tu esposa.

—Lo haré—dice Joe, se acerca y le tiende un rápido abrazo.

—Un placer, Belle. —Me sonríe—Matt— asiente y se va.

Una vez marchándose Owen. Dos pares de ojos esperan algún tipo de explicación, cuando soy yo la que debería de estar haciendo las preguntas.

Belle, espero que mi hermano no haya hecho ninguna de sus movidas, le he dicho que no se acercara a ti. —Dice Joe avergonzado.

—No me dijiste que tenías un hermano ¿Por qué?

—Es un idiota, por eso—Responde Matthew en su lugar: — ¿Qué estabas haciendo aquí sola con él? —el tono de su voz está fuera de lugar. No ha sido mi intención tropezar y que Owen haya estado tan cerca de mí.

—Estaba buscándote—me defiendo: — ¿Dónde estabas? —Eso hace que su mirada se suavice y rápidamente empiezo a sentir el olor a tabaco.

— ¿Estabas fumando? —le pregunto furiosa. Él se preocupa por mi salud y es un poco hipócrita de su parte que no se preocupe por la de él.

No responde y ahora es Joe el que está incómodo.

—Belle, solamente estábamos charlando.
—Joe lo defiende: —He estado un poco ansioso por la llegada del bebé.

—Voy a creerte, solamente porque no quiero discutir con ninguno de los dos. Y ahora entiendo el por qué no querías presentarme a tu hermano.

No mi hermano, pero siempre ha sido un problema incluso al crecer.

— ¿Que tan grave puede ser un hermano mujeriego? —Me mofo.

—No solamente es mujeriego—Dice Joe: —No sabe aceptar un NO por respuesta.

Me quedo helada.

—Quieres decir que...

—Sí—Me corta Matthew: —Los caprichos de Owen han ido muy lejos y no te quiero ver cerca de él.

Eso fue tan inesperado, jamás hubiese imaginado que Joe tuviera un hermano tan peligroso, y mucho menos de ese tipo. Ahora sé por qué nunca nos habló de él.

Regresamos con los demás y Joe nos presentó con sus colegas. Ha sido una noche larga pero me siento feliz por mis amigos. Matthew ha estado con la misma actitud. No entiendo cuál es su problema y no puedo esperar llegar a casa para hablar de ello, aunque mi cabeza en estos momentos esté por explotar.

—Gracias por venir, Belle—Me despido de Ana y Joe.

—Te veré pronto, dale un beso de mi parte a la pequeña Ana.

—Lo haré—Se acerca a mi oído y susurra: Todo saldrá bien

Se me forma un nudo en la garganta. Extraño mucho la vida que teníamos antes pero estoy muy feliz por ella. Es una excelente madre y tiene lo que siempre ha querido, una familia y una carrera.

Vamos en el auto y lo único que nos acompaña es un incómodo silencio. Lo veo por el rabillo del ojo y tiene el ceño fruncido. Parece molesto y ansioso. Ni siquiera quiero acercarme a él, tengo miedo de su reacción y una parte de mí dice que el rechazo será uno de ellos.

¡No puedo más!

— ¿Se puede saber qué te pasa? — expreso furiosa.

—Hablaremos cuando lleguemos a casa. —responde cortante.

Resoplo y me remuevo incómoda en mi asiento, aprieto mis puños y mi nariz da uno y mil movimientos. Estoy furiosa pero al mismo tiempo me doy cuenta que no son mis nervios, es más mi preocupación.

Al llegar a casa soy la primera en saltar fuera del coche, ni siquiera espero a que él me abra la puerta como de costumbre.

Voy directo a la habitación y me encierro con llave en el baño.

Estoy nerviosa, siento mucha ansiedad. Matthew no es así, su actitud me da mucho miedo a lo que pueda decir. En el pasado me ha alejado y temo que ahora quiera hacer lo mismo.

¿Quiere dejarme?

¿Es mucho para él?

Respiro grandes bocanadas de aire y decido enfrentarlo.

Lo encuentro en su despacho está de la misma forma en que lo encontré. Con un vaso de whisky sobre la mesa y su mirada en el suelo.

—Matthew, siento mucho no haber podido avisarte, por favor...

—No —Me interrumpe: —No es por eso.

— ¿Entonces qué es? —mi voz suena desesperada: —No sé qué hice para que estés así conmigo, has estado ignorándome casi toda la noche.

—Anoche estaba muy enfadado contigo, dije cosas que no quería decir—Está hablando y no estoy segura de querer seguir escuchándolo, su voz suena calmada pero no me ve: —Esta tarde llegué temprano a casa, te echaba mucho de menos—sonríe sarcásticamente: — pero no te encontré, intenté llamarte pero me llevé la sorpresa de que dejaste el móvil olvidado.

—Matthew...

—No—interrumpe de nuevo: —No he terminado.

Se pone de pie y termina de beber el whisky de un solo trago.

—Me preocupé como un loco, estuve a punto de ir a buscarte a la universidad pero en su lugar me entretuve recibiendo muchas llamadas.

Oh, Dios mío.

— ¿Llamadas? — me tiembla la voz.

—Unas diez para ser exacto —se cruza de brazos y se sienta en la orilla del escritorio. Me ve con recelo y no lo culpo: —De tu teléfono y no supe si sorprenderme, decepcionarme o estar orgulloso de ti. Me decidí por las últimas dos.

Eres una idiota, Isabelle.

Lo soy.

—Dicen que no es necesario que no tengas experiencia en la docencia universitaria—continúa: —Se han sorprendido por tu currículo y formación académica. Parece que al final lo has logrado, Elena. Eso era lo que querías después de todo ¿No?

—Matthew, puedo explicarlo. —Daria todo por no ver esa mirada en sus ojos.

—Me mentiste—murmura: —Me prometiste que no ibas a tomar ninguna decisión sin mí.

—Pensé que no me llamarían, lo hice antes de decirte que quería trabajar.

—Eso lo hace peor ¿No crees? De todas maneras siempre lo ibas a hacer.

—Quisiera que confiaras en mí.

— ¿Confiar? —Parece un insulto: — ¿Quieres que confíe en ti cuando ni siquiera tú confías lo suficiente para decirme que ya habías enviando mnin solicitudes antes de decirme lo que querías hacer?

—Cuando te prometí que no tomaría una decisión sin consultarte, lo decía en serio. Hoy un compañero se ofreció a ayudarme para una plaza en la universidad, y por supuesto que iba a decírtelo.

— ¿Compañero? —pregunta con autoridad: —No sabía que ya tenías nuevos amigos.

—Lo conocí hoy—le explico y continúo: — Su nombre es Glen, trabaja y estudia en la universidad, se ofreció a ayudarme a conseguir una entrevista.

—Es increíble, Elena. —niega con la cabeza.

—No tienes que enfadarte, Matthew, no es el fin del mundo, no te estoy pidiendo nada, nunca te he pedido nada y ni

siquiera voy a consentir que tenga que
pedirte permiso para poder hacerlo.

—Por supuesto que no me tienes que
pedir permiso. ¡Me preocupo por ti! —
grita y brinco del susto.

—Que te preocupes por mí es una cosa y
que quieras manejar mi vida es otra muy
diferente.

¡No! Continúa gritando. — ¡Eres tan
irracional, Elena! No entiendes que
todavía no puedes trabajar, tu cuerpo no
necesita ese tipo de estrés, suficiente
tengo con preocuparme por ti mientras
estás estudiando.

— ¡Pues déjame! —ahora soy yo la que
grita: — ¡Así no tienes que hacer el papel
de padre! Por si ya se te olvidó, ya tengo
uno y ni siquiera él me lo prohíbe, ni
quiere manejar mi vida de la manera en
que lo estás haciendo tú.

La cabeza me da mil vueltas pero tengo
que decirle todo lo que siento. Se ha
vuelto un loco controlador, él tenía razón.
Su locura ha incrementado el doble estos
últimos tres años.

—Voy a trabajar, te guste o no, Matthew
Reed.

—No lo harás.

—Oh, sí que lo haré.

— ¡No lo harás! y no fue una pregunta,
¡Es un hecho!

— ¡Una mierda con tu *no* pregunta! —Le
grito cada vez más: — ¡No voy a permitir
que me hagas esto! ¡No soy una enferma!
¡No soy una inútil!

Mi rabia lo ha hecho reaccionar y ahora
me ve asustado.

Nena, tranquilízate

— ¡No! Ahora me vas a escuchar, ya te he
escuchado suficiente.

Se acerca y quiere tocarme.

— ¡No me toques! —Lo empujo: — ¿Eso
es lo que sientes por mí—se me llenan los
ojos de lágrimas—Lástima?

—No digas eso, mariposa, por favor. —Me
ruega: —tranquilízate.

—Crees que estoy enferma, que en
cualquier momento mi cuerpo empezará
a cobrármelas, pero no. —me limpio la
primera lágrima: —No será así, voy a
recuperar mi vida y me dolerá mucho que
tú no quieras apoyarme.

Deja caer sus hombros derrotado cuando
dice:

—Tengo miedo de perderte, mariposa—
Ahí está el verdadero motivo, pero es tan
terco que no podía decirlo antes.

Un dulce encuentro en el perdón   KRIS BUENDIA

—No lo harás.

Levanta la mirada y me ve temblando y sollozando.

— ¿Puedo acercarme? — Es una pregunta estúpida, cuando todo lo que quiero es estar entre sus brazos.

No respondo y soy yo la que me acerco. Lo abrazo, lo abrazo fuerte para demostrarle que estoy aquí. Que no me iré a ningún lugar. Se que mi cuerpo no está recuperado del todo pero quiero intentarlo. Quiero tener una vida normal.

—Mariposa, estuviste en coma tres malditos años—susurra: —no me pidas que no me preocupe por ti cuando mi vida se detuvo por tanto tiempo esperando a que volvieras a mí.

Sus palabras me quiebran y empiezo a llorar con más fuerza.

Lo he entendido.

—Lo siento—sollozo: —Lo siento tanto, nunca quise que pasaras por algo así, pero entiéndeme por favor, para mí es como si todo haya pasado ayer. Sé que suena egoísta, pero quiero que confíes en mí. Te prometo que me detendré cuando mi cuerpo no lo resista, pero no me pidas que no quiera recuperar mi vida...No quiero sentirme como una enferma.

—No estás enferma—Me toma el rostro
con sus manos para que lo mire: —No
estás enferma y no quiero escuchar algo
así de nuevo—Es como si leyera mi
mente.

Cuando tenía diecisiete años todas las
personas alrededor mío, pensaban que
estaba *loca* al igual que mi madre, decían
que por eso se había suicidado y que yo
iba por el mismo camino de la locura.

—Voy a apoyarte, te amo y quiero que
seas feliz, siempre ha sido tu sueño
enseñar y no quiero ser yo el que te límite
de ello.

Besa mis labios y limpia mis lágrimas con
sus pulgares.

—Pero si algo te llega a pasar, por mucho
que me grites no te dejaré salir de esta
casa, así tenga yo que encerrarme contigo
para cuidarte.

Me rio por su ocurrencia. Este hombre es
maravilloso y lo amo con todo mi corazón.
Lo que ha hecho por mí estoy segura que
lo haría de nuevo, pero esta vez seré yo la
que llegue a salvar su vida algún día.

—Y no vuelvas a amenazarme con
dejarme—me reprende: —Ya lo has hecho
en el pasado y dejó de sorprenderme,
pero esta vez no lo voy a permitir.

Me aprieta a su pecho y me besa con
ímpetu. Me besa con ternura y acaricia
mi espalda, llevando sus manos hasta mi
trasero y bajando hasta el interior de mis
muslos.

Me lleva hasta el mueble y me vuelvo a
perder en él

De nuevo volvemos a bautizar *nuestro*
despacho

¿Qué estoy haciendo aquí?

¿Dónde estoy?

Despierto en la madrugada y siento mucho frio. Estoy temblando y siento que duelen hasta mis huesos. Nunca me había sentido así, es todo tan extraño

— ¿Mariposa?

¿Quién es mariposa?

Siento mucho miedo. Unas manos están acariciando mi rostro, nadie me ha tocado tanto desde *aquel* día.

¡No! ¡No! ¡No!

— ¡No! —grito con todas mis fuerzas, intento apartarlo pero «él» es más fuerte que yo. Quién quiera que sea, no puedo empujarlo lejos. Está oscuro y no puedo ver nada, sólo siento su aliento cerca de mí.

Estoy desnuda.

¿Por qué estoy desnuda?

— ¡No! —grito de nuevo.

Estoy desnuda con un extraño en una cama y me llama *mariposa*.

— ¡Elena, mírame! — Salta fuera de la cama y enciende la luz.

Aprieto mis ojos, me cubro el rostro con mis manos.

Mírame, por favor, Elena.

¿Por qué me ruega?

—Mi amor, mírame— El tono de su voz hace que aparte las manos de mi rostro pero sigo con mis ojos cerrados.

—No tengas miedo, mírame. —Tiene una hermosa voz.

Abro mis ojos y lo veo.

— ¿Matthew? —sollozo.

—Sí, mi amor, soy yo. —Puedo verlo en su rostro. Jamás olvidaré la manera en que me está viendo.

Empiezo a llorar con más fuerza, me lanzo hacia él y lo abrazo. Nuestros cuerpos desnudos jamás habían estado conectado de esta manera, tan necesitados y llenos de dolor pero lo necesito.

—Está bien—Intenta calmarme:—Todo está bien, mi dulce mariposa.

—Perdóname—Sollozo contra su pecho desnudo: —Perdóname, por favor.

Me he olvidado por un momento de él.

No reconocí su voz.

Su tacto.

Su aliento.

Y por un segundo tampoco su mirada.

—Está bien, ya estás de nuevo conmigo.

Permanecemos así por largos minutos hasta que puedo ver su rostro de nuevo. Esa mirada no se ha ido.

Es lo que siempre ha temido. Que me olvide de él. Que vuelva a estar cerca pero a la vez tan lejos.

— ¿Qué me ocurre?

—Es normal, el médico dijo que podía pasar, pero ya estás aquí conmigo.

— ¿Qué pasa si vuelve a suceder y tú no estás conmigo?

—No pienses en eso, no volverá a pasar.

— ¿Cómo puedes estar tan seguro?

—No lo sé—Responde con temor: —Pero no volverá a pasar.

No pude quedarme de brazos cruzados, esperaba una respuesta para lo que me estaba pasando, así que decidí ir al médico sin que Matthew se enterase.

—Luego del estado de coma, se presenta un periodo de confusión—Explica el Dr Lynch: — La persona puede presentar amnesia en algunas ocasiones y pueden ser de corto y largo plazo. Pero en tu caso ese periodo de amnesia no ha durado más de diez minutos, lo que es algo bueno.

¿Algo bueno?

No reconocí a mi novio. Eso no puede ser nada bueno.

—No te preocupes, Isabelle. Estarás bien, eres un milagro de vida.

—Quisiera trabajar, ¿Hay algún problema con eso?

—Has retomado los estudios, eso es bueno, pero trabajar no creo que sea lo más recomendable ya que el nivel de estrés incrementa y puede perjudicar en tu salud.

—Pero quisiera hacerlo, Dr. Lynch.

—Lo entiendo, Isabelle, te recomiendo que lo intentes más adelante.

No importa lo que diga el Dr. Lynch, voy a demostrarles que *el milagro de vida* puede ser realmente un milagro.

Solamente espero no arrepentirme luego de mi terquedad, pero realmente lo necesito. El accidente me recordó que la vida puede acabar en cualquier momento, perdí tres años y lastimé a muchas personas. El sueño de Ana se detuvo por culpa mía y Matthew tuvo que sacrificarse por mí.

Debo hacerlo por mi madre. Ella no pudo cumplir sus sueños por mí. Renunció a todo por cuidarme, no puedo hacerle eso ahora. No puedo hacerme esto a mí.

Debo continuar donde mi madre se quedó.

&ᘓ213&

Han pasado alrededor de dos meses. Y lo
que Glen hizo por mí, le voy a estar
eternamente agradecida, ha sido un buen
amigo en todo este tiempo. Por otro lado
las clases que imparto a los de primer
año no han sido nada difíciles, debo
admitir que ha sido un poco difícil seguir
el ritmo de hacer ambas cosas, pero amo
cada minuto de ello.

Matthew dejó que extendiera mis alas y le
he demostrado que estoy bien, aunque le
he ocultado mis dolores de cabeza.

—Estás radiante, Belle—Dice David. He
quedado con él para tomar un café y
ponernos al día.

—Gracias, tú te ves diferente,
cuéntamelo.

Se remueve en su asiento nervioso y se
sonroja.

—Oh, por Dios—rio—David Henderson,
¿Estás enamorado?

—Quizás no sea amor, pero me hace feliz.

—Susan es una buena chica.

— ¿Cómo lo sabes?

—He hablado con ella la semana pasada y sólo me habló de ti, el tema de la edad le preocupa mucho.

—Lo sé—Pone los ojos en blanco: —Pero ya se le pasará, no voy a dejar que su pequeña cabecita se preocupe por eso.

Ver a David tan ilusionado con una nueva chica me hace feliz. Se lo debe la vida y Susan se merece a alguien como él. Son el uno para el otro.

—Me siento orgullosa de ti, David.

—Soy yo el que debe decir eso—se mofa:—Primero el máster y ahora trabajas, ¿Cómo lo haces?

Niego con la cabeza.

—No ha sido nada fácil—Admito un poco triste:—Al principio Matthew se opuso, dijo que no era el momento por mi salud y luego fui a ver al doctor y...

Me detengo por un segundo. Nadie sabe que fui a ver al Dr. Lynch y él me dijo que no podía trabajar todavía. Cuando Matthew se entere me va a matar, literalmente me matará.

— ¿Qué dijo el médico, Belle?

—Nada importante. —Mi nariz empieza a picarme.

— ¿Isabelle? —Me reta con la mirada: —
Dime qué te dijo el médico.

Suspiro y me rindo.

—Me dijo que no podía hacerlo, que el
estrés sería mayor y mi cuerpo podía
reaccionar de una manera diferente,

Belle, debiste escucharlo, lo que te paso
fue algo muy grave.

Lo sé, David, pero realmente necesitaba
recuperar mi vida.

—Es muy egoísta de tu parte, tu vida no
se define en una carrera, son los
momentos al lado de las personas que
amas.

Me ha dejado sin expresión, son las
palabras más duras que he escuchado.
Me he comportado como una idiota
egoísta todo este tiempo y David tiene
razón.

—Prométeme que si te sientes mal lo
dejarás.

—Lo prometo.

Ahora me siento mal por ocultarle algo
tan delicado a Matthew. Tendré que
decírselo pronto, no puedo vivir con
mentiras.

—Bien, y en cuanto a mi relación con Susan, estamos esperando qué reacción va a tener su hermano mayor.

—Matthew no se opondrá, lo conozco y te conoce.

¿Te olvidaste que antes queríamos matarnos el uno al otro?

—Tengo entendido que eso fue hace más de tres años. me burlo.

Cambiar el tema era lo mejor que podíamos hacer. Ver a David tan feliz con Susan era todo lo que quería saber en esos momentos. Y estoy segura que Matthew estará igual de feliz al ver a su pequeña hermana enamorada.

Mi teléfono suena y es mi profesor favorito de todo el mundo.

—Mariposa, ¿Cómo estás?

—Bien, estoy tomando un café con David, te manda saludos.

David hace una mueca y empieza a reír.

— ¿Todo bien? —pregunto.

—Sí, te llamaba para decirte que llegaré un poco tarde hoy, Nick ha pasado por aquí y quiere que le ayude con unas cosas.

—Está bien, por favor dile a Nick que se comporte, no quiero que llegues a casa apestando a tabaco. —lo reprendo.

—Se lo diré. —se ríe: —Te amo, saluda al *buitre* de mi parte.

— ¡Matthew! —Lo reprendo y el ríe a carcajadas esta vez.

Corto la llamada y veo a David.

Mo ha llamado *buitre*. ¿Verdad?

Asiento avergonzada y David ríe a carcajadas también.

Me doy por vencida y le sigo yo también.

—Por favor, Belle. Cuídate mucho.

—Lo haré, David.

Me llevo las manos a mi cabeza, el dolor ha empezado de nuevo y ya las pastillas no hacen nada para aliviar el dolor.

—Belle, ¿Estás bien? —pregunta David preocupado.

—Estoy bien, tengo un dolor de cabeza.

—Desde que te conozco nunca has tenido dolores de cabeza.

—No te preocupes, no es nada grave.

David me ve con recelo y se limita a sostener mi mano preocupado.

Al llegar a casa, salto a la cama, el dolor es horrible y siento nauseas. Me levanto y corro hacia el baño a vomitar. Siento que la cabeza me palpita del dolor. Me doy una ducha rápido y vuelvo a tumbarme bajo las sábanas.

Sólo espero que cuando Matthew regrese, no me encuentre en este estado.

Dos horas después me despierto sobresaltada, recuerdo que tengo que preparar la clase de mañana y dos trabajos más que tengo que entregar para la profesora Chong.

Maldigo para mis adentros y me arrastro fuera de la cama y me dirijo al despacho. El dolor de cabeza aún sigue ahí pero decido ignorarlo y concentrarme en el trabajo.

Escucho que Matthew ha llegado a casa y me estremezco, no sé el impulso de mis nervios y ansiedad pero lo estoy. Me concentro en el ordenador y finjo seguir trabajando.

Hasta que la puerta se abre.

Matthew entra con Nick. Y a juzgar por la cara de Matthew algo no anda bien.

—Hola—sonrío.

—Hola, bella durmiente—dice Nick.

Matthew se acerca y me da un beso en los labios, un beso frío. Debe estar disimulando porque está su hermano presente. Su mirada dice todo lo contrario a lo que ese beso significa.

— ¿Todo bien? —pregunto.

—Yo mejor los dejo solos, estaré viendo una película en la sala. —dice Nick muy incómodo y se va.

Matthew sigue abrazándome pero su corazón late demasiado rápido.

— ¿Matthew qué pasa? —pregunto, ahora estoy asustada.

—No quiero que sigas trabajando—suelta sin más y sé que es una de sus órdenes, entonces lo aparto sorprendida.

— ¿De qué hablas?

—David me llamó—me explica: —Me dijo que hablaste con el médico, y que hoy en el café no te veías bien por un dolor de cabeza ¿Por qué me ocultaste que el médico te prohibió trabajar?

Voy a matar a David Henderson.

—No me hagas esto ahora—Ruego: —No ahora que todo está marchando bien.

—No puedo creer que me hayas mentido, Elena.

—No te mentí. Me defiendo.

Me ocultaste la visita con el Dr. Lynch.

—Fui a verlo por el problema en mi memoria y sí—admito: — el Dr. Lynch me dijo que esperara para poder trabajar.

—No puedo creer que me hayas estado mintiendo todo este tiempo.

—Que hipócrita de tu parte. —Le digo furiosa.

— ¿Perdón?

—Ya se te olvidó cuántas cosas me has ocultado tú a mí.

—Mariposa, no compares.

—Claro—resoplo: —Yo te oculté algo por dos meses y tú por ocho.

—Basta—me calla.

— ¡No! —Exploto: —No voy a permitir que me quites esto, no me importa lo que diga el médico, lo que te haya dicho David, no voy a dejar de dar clases, amo dar clases.

—Deberías amar más tu vida. ¡Estás obsesionada con tu carrera!

No puedo creer que haya dicho eso.

Salgo del despacho furiosa y con ganas de llorar por lo que acabo de escuchar.

¿Obsesionada con mi carrera?

—Elena—Me llama y llego hasta la sala donde está Nick removiéndose en el mueble incómodo por nuestros gritos.

—No quiero escucharte, Matthew. Ya has dicho suficiente.

—Sabes que tengo razón, sólo queremos lo mejor para ti.

—Es verdad, Belle—lo apoya Nick: — Deberías esperar por lo menos un año, las secuelas después del coma...

— ¡Basta! —Grito: — ¡No quiero escucharlo!

Ambos permanecen en silencio y yo me dirijo a la cocina, dejándolos atrás. Matthew no me sigue y me sirvo un poco de agua. Me tiemblan las manos y mi cabeza está matándome más en estos momentos.

Me siento mareada y antes de poder sostenerme, dejo caer el vaso y se hace mil pedazos en el suelo. Llevo mis manos a la cabeza y todo me da vueltas.

Silencio.

Mucho silencio.

Me siento la peor persona del mundo.

Matthew tiene razón, estoy obsesionada con mi carrera y no me importa mi salud y ni siquiera he sido lo suficiente racional para darme cuenta que hay personas a mi alrededor que se preocupan por mí.

Ahí está ese sonido de nuevo.

—Ni siquiera estoy enfadado con ella cuando debería de estarlo. —Dice Matthew—La amo demasiado, Nick.

—Lo sé, Matt. —Dice Nick—Lo sé.

Abro los ojos poco a poco. El dolor de cabeza se ha ido, pero ahora me duele el corazón.

Me siento culpable.

— ¿Mariposa?

— ¿Matthew? —susurro.

—Aquí estoy, mariposa—Sostiene mi mano y la besa.

—Lo siento, lo siento mucho—suplico— ¿Qué me pasó?

El Dr. Lynch entra y Matthew se tensa, Nick murmura algo con el médico y sólo dirigen miradas de desaprobación.

— ¿Cómo te sientes, Isabelle? —Pregunta el Dr. Lynch.

Culpable—respondo con sinceridad. Es así cómo me siento, una culpable.

—Lamento mucho eso, pero te dije que no presiionaras tu cuerpo tan rápido, Isabelle.

—Lo sé, yo pensé que realmente podía con esto.

—Isabelle, esto es diferente, no es como en las películas donde la gente que despierta del coma son inmediatamente capaces de continuar su vida normal. Eres afortunada de que no tengas ninguna discapacidad, pero si continuas forzando tu mente y tu cuerpo, me temo que las consecuencias serán devastadoras.

Soy más afortunada que eso, no sólo porque no tenga problemas para llevar mi vida normal, soy afortunada porque cuento con personas que se preocupan por mí y yo he sido egoísta al intentar recuperar mi vida, cuando mi vida son todos ellos.

—Lo siento mucho—susurro a Matthew.

Matthew hace una mueca y besa mi cabeza.

—Dr. Lynch, me preocupan los dolores de cabeza y el episodio de la memoria. —Dice Matthew.

—Como le dije a Isabelle, la persona puede presentar amnesia en algunas ocasiones y pueden ser de corto y largo plazo. De momento no hay de qué preocuparse, cuando estos episodios duran pocos minutos es probable que no vuelvan a presentarse.

Eso me tranquiliza un poco. Perder la memoria sería el fin de todos y una muerte lenta para mí.

Lamento mucho todo.

Me siento demasiado culpable que ni siquiera sé cómo Matthew no está enfadado conmigo.

Al salir del hospital llegamos a casa, le pedí a Matthew que no llamara a mi padre. Nick se ha ofrecido a pasar un día más con nosotros para ver mi mejoría. Pienso en David, dije que quería matarlo pero en realidad quiero agradecerle por preocuparse por mí.

Quiero enviarle un mensaje, así que lo hago.

Te quería matar por haberle dicho a Matthew lo del médico.
Ahora quiero darte las gracias.
Estoy bien.

Te quiero.

Rapido mi teléfono empieza a sonar y es David.

—Hola, David.

—Me tenías preocupado, Belle ¿Cómo estás?

—Estoy bien, me he desmayado.

—Lo sé, Matt me lo ha dicho.

Veo a Matthew y no dice nada.

—Bueno, supongo que estaré bien.

—Cuídate mucho, iré a verte pronto, tengo un pequeño viaje.

— ¿Es lo que creo?

—La verdad sí, espero verte ahí.

—De acuerdo. Te veré pronto.

Me dejo caer en la cama mientras veo a Matthew quitarse la ropa para unirse conmigo.

— ¿Desde cuándo son tan amigos tú y David?

—Tuvimos un pequeño encuentro y ambos nos dimos por vencidos, él me juró que sólo quería ser tu amigo, aceptó que tú me amabas a mí y yo no iba a compartirte aún si sólo eran amigos, pero cuando el tiempo pasaba y tú no despertabas me di cuenta que lo importante era tu felicidad, necesitabas a tu amigo también.

Oh, Matthew.

— ¿Pequeño encuentro?

Algo me dice que ese pequeño encuentro fue con sus puños.

Niego en la cabeza con imaginarlo.

—Mi madre nos ha invitado a una cena, pero si te sientes mal lo dejamos para después.

—No, quiero ir. ¿Cuándo es?

—Mañana por la tarde.

—Bien, entonces iremos, extraño mucho a Verónica y a Susan.

Sonríe y me besa—Lo sé, también yo.

Se acuesta a mi lado y me abraza, su aroma y su pecho cálido es la mejor sensación después de todo lo que ha pasado hoy.

—Lo siento—susurro con lágrimas en los ojos: —Lo siento mucho, Matthew.

—Ya te has disculpado—Vuelve a besarme:—Lo siento yo también, debí estar más atento, sabía que algo no andaba bien pero confiaba en que me dirías la verdad.

—Yo en realidad lo intenté, pero fui egoísta lo acepto:—No volverá a pasar, te lo prometo.

—Te amo, Elena, *Ab imo pectore* (Con todo mi corazón)

—Lo sé, *profesor.*

෨ɛ243ↄ

Todo marcha bien, sin nada que se interponga entre nosotros, no hay mentiras y he renunciado a mi trabajo. No me sentí triste al hacerlo, mi felicidad esperaba en casa,

Susan dio la noticia que ella y David eran pareja, al principio Nick y Matthew querían matarlo, pero se dieron cuenta que si alguien tenía un corazón noble y lleno de amor para su hermana, ése era David.

Verónica ya lo sabía, así que no había nada más qué decir, mi mejor amigo y mi cuñada se aman y estoy feliz por ellos.

El curso ha sido fácil de manejar ahora que sólo me dedico a ello. Glen se dio cuenta del *milagro de vida* y se sintió culpable al instante por haber insistido en que aceptara el trabajo.

—Misteriosa, Belle. —dice Glen: —ahora te diré la *milagrosa* Belle.

Me mofo y le doy un codazo.

—Glen, ¿Puedo hacerte una pregunta?

—Claro.

— ¿Tienes novia?

Ríe a carcajadas. Sé que mi pregunta ha sido demasiado personal y directa pero en realidad tengo curiosidad, es atractivo y muy inteligente, alguien como él es imposible que sea soltero.

—En realidad no, nunca he tenido novia.

— ¿Cómo? — me sorprendo: —Pero si eres encantador, no creo que a tus veinticinco nunca hayas tenido una novia.

—Pues créelo—dice nervioso: —Nunca he tenido novia, pero sí he tenido novios.

Oh.

Mantengo mi boca abierta y mis ojos como platos. Glen es gay y no lo sabía. Ni siquiera me había dado cuenta de ello, es tan masculino y hasta podría haber jurado que se sentía atraído por mí.

—Siempre consigo esa reacción en las chicas lindas, pero tú sí me has sorprendido, Belle. Te has quedado muda.

—Pero... pero—tartamudeo:—En realidad pensé que te sentías atraído por mí.

—En realidad—Dice: —la primera vez que te vi, me gustaste, en otra vida te habría conquistado.

Me sonrojo.

—Ya ves, un chico gay puede hacer
sonrojar a una chica linda como tú.

—Glen, no puedo creer que seas gay, pero
entonces ¿Tienes pareja?

—Es complicado, estuve saliendo con
alguien pero eran cien por ciento virgen,
ni siquiera había salido del closet.

—Lo lamento, todavía hay personas que
tienen miedo al que dirán

—La verdad es que sí, yo salí del closet
cuando tenía veinte, tardé un poco pero
estaba concentrado en mi carrera, quería
ser libre y lo hice.

—Bien por ti.

—Ya le puedes decir a tu novio que no se
preocupe por tu amigo, aunque tú sí
deberías preocuparte, lo vi cuando vino
por ti y...

— ¡Oye! —suelto una carcajada.

La preferencia de Glen no es ningún
problema para mí, aunque será un alivio
para Matthew después de todo.

—Tengo que irme—dice Glen: —Te veré
después.

Llego a casa y me dejo caer en el mueble exhausta.

Mi pequeña Isabelle.

No puedo abrir los ojos, sé que él está aquí.

¿Por qué no puedo abrir los ojos?

—Tan hermosa como tu madre.

No tiene derecho a hablar de mi madre.

—Tú mundo perfecto está por desmoronarse. De nuevo te encontrarás en el infierno. Mi infierno.

Despierto sudando frío y asustada.

Ha sido sólo un sueño, pero lo sentí tan real. Su voz, su voz estaba demasiado cerca de mi oído.

¿Es posible?...

¡No!

No puede ser posible.

Voy corriendo al baño y lavo mi cara, me veo fatal y estoy asustada. Son más de las seis y Matthew no viene a casa.

Cojo el teléfono y lo llamo, pero no contesta.

¿Qué está pasando?

Tranquilízate, Isabelle.

Mi teléfono empieza sonar.

— ¿Matthew?

—No soy él, soy tu mejor amiga ¿Qué pasa?

—Ana—suspiro—No pasa nada, pensé que eras Matthew. ¿Sabes si está con Joe?

—No, Joe está aquí conmigo, te llamo para preguntarte si quieres ir conmigo mañana al médico, Joe no podrá ir y la pequeña Ana se pone inquieta por conocer a su hermanito.

—Por supuesto, iré contigo.

—Belle, ¿Estás bien?

—Sí, no te preocupes.

Justamente en ese momento la puerta se abre y es Matthew, a juzgar por su cara algo no está bien.

— ¿Dónde estabas? —pregunto.

—Estaba con Joe.

Está mintiéndome.

¿Por qué mientes?

— ¿Con quién hablabas? —pregunta.

—Con Ana—se pone tenso: — y Joe
manda saludos.

Veo la vergüenza en su rostro por
mentirme.

— ¿Dónde estabas, Matthew?

No responde entonces caigo en una
conclusión.

El polígono del infierno.

—Puedo explicártelo.

—No te molestes—Lo corto: —Has
mentido, no esperes que te crea ahora lo
que tengas que decir.

—Elena, no es lo que piensas, tuve que
encargarme de unos asuntos.

— ¿Qué tipo de asuntos?

—Lo normal, algunas quejas.

Eso me causa gracia, qué tipo de asuntos
y quejas se pueden recibir ahí.

—Quejas—Digo con ironía: — ¿No reciben
suficiente *condena* las personas que van
ahí y han decidido llamarte?

—Mariposa...

—Déjalo, Matthew.

Voy y me encierro en la habitación. Estoy muy cansada para discutir también por eso. Dijo que lo dejaría, pero el «*algún día*» en el idioma de Matthew significa un «*nunca.*»

ॐ€253॰ॐ

Son las tres de la madrugada y Matthew no está en cama conmigo. Escucho música que viene del despacho y entro. Está sentado en su escritorio con las manos en la cabeza y a juzgar por la botella vacía en la mesa, está borracho.

Esa canción.

Where were you when I was burned and broken

While the days slipped by from my window watching

And where were you when I was hurt and I was helpless...

Dónde estabas tú cuando yo estaba quemado y desecho

Mientras miraba los días pasar por mi ventana

Y dónde estabas cuando estaba herido e indefenso...

Se me encoje el estómago.

¿Está hablándome a través de la canción?

— ¿Matthew? —me acerco y no me ve.

— ¿Dónde estabas, Elena? —Murmura— ¿Por qué no me salvaste antes?

Oh, Matthew.

—Mi amor—susurro y tomo sus brazos, me siento en su regazo y al mirar su rostro. —Estoy aquí.

—Abre los ojos—Le ordeno: —mírame, estoy aquí.

Me ve, tiene ese brillo frío que no me gusta ver.

—Mariposa—susurra.

—Lamento no haber llegado antes, pero estoy aquí, Matthew.

Me levanta de su regazo y me sienta en el escritorio, me devora los labios como si tuviera hambre y respira con dificultad. Dejo escapar un gemido en sus labios por su arrebato desesperado.

Me desnuda y observa cada parte de mi cuerpo.

—Podría hacer un poema de ti en estos momentos.

Fue lo que dijo la primera vez que me vio desnuda, cuando me entregué a él.

—Hazlo—Musito: —Haz todo lo que quieras conmigo, soy tuya.

—Eres mía—No es una pregunta, está afirmando que soy suya.

—Es un hecho—Lo imito.

Se baja los pantalones y me empotra por sorpresa, grito en su cuello. Estoy llena de él, odio discutir, odio verlo así. Y lo que más odio es el maldito polígono que me roba una pequeña parte de él.

—Matthew...

Jadeo y muerdo su hombro, mientras me embiste sin frenesí. Está desesperado al igual que yo, pero me asusta, éste es un Matthew diferente, está haciéndome el amor en su escritorio y devorándome por completo.

Echo la cabeza hacia atrás para darle entrada a mi cuello.

— Mírame, Elena.

No está haciéndole el amor a su *mariposa*, está haciéndome el amor a mí. A su Elena.

—No puedo—susurro con dificultad. La sensación es inmensa.

—Sí puedes, mírame. —me ordena de nuevo.

Con todas las fuerzas de mis entrañas lo veo. No tiene la mirada perdida ni tiene la mirada dulce, está cargada de impotencia, desesperación por sentirme, por tenerme en sus brazos y que nunca a me vaya.

¿Por qué?

Siento dolor en su mirada, lo beso y siento la humedad en mis mejillas.

Estoy llorando.

— ¿Elena? —pregunta y no respondo, sigo besándolo, sigo dándole lo que más le gusta. Mis besos, mi cuerpo y mi corazón.

Entonces se detiene.

—Mariposa, mírame.

He vuelto a ser su *mariposa*.

—No te detengas—Sollozo: —Por favor, termina.

Sé que lo necesita y también yo. Necesitamos saciarnos uno del otro.

Toma mi rostro con sus manos y me obliga a verlo.

— ¿Te he hecho daño? —pregunta inquieto.

—No—miento, el daño no es físico, me hace daño verlo así y que no pueda decirme qué es lo que le pasa. —Por favor, continúa.

No vuelvo a pedírselo y vuelvo a sentirlo dentro de mí, pero esta vez más despacio. No lo quiero despacio, lo quiero fuerte y arrebatado. Ahora lo entiendo, estoy desesperada yo también.

Acaricio su espalda y llego hasta su trasero.

—Más rápido—Ordeno: —No te detengas.

Lo hace, me embiste más rápido, más seguro y gruñe.

Le gusta.

También lo necesita.

— ¡Joder! —Gruñe.

— ¡Matthew! —Grito extasiada.

—Perdóname, Elena. —Susurra.

¿Por qué me pide perdón?

—Matthew, no hagas esto, por favor— Jadeo.

— ¡Joder! ¡Joder! —Gruñe embistiéndome más rápido.

Ambos nos desplomamos y mis lágrimas vuelven a caer. No puedo moverme, estoy aferrada a su pecho desnudo, sollozando.

No quiero perderlo.

No quiero perder lo que tenemos.

Te amo —lloro—. Te amo.

Me lleva en sus brazos hasta la habitación. Me mete a la ducha y sigo aferrada a su cuello. No quiero soltarlo nunca más.

—Tienes que soltarme, para poder lavarte, mariposa.

—Quiero quedarme así para siempre.

Se ríe por mi ocurrencia.

—Mariposa, estoy de acuerdo contigo pero no quiero hacerte daño y no puedo sostenernos a ambos, estoy un poco mareado.

Es verdad. Lo había olvidado.

Esta vez lo veo furiosa, no me gusta que tome ni que fume, debe cuidar su salud, tanto como cuida la mía.

Toma el jabón líquido y empieza a frotarlo por todo mi cuerpo, lo observo mientras lo hace, entonces yo también hago mismo, deja caer la cabeza hacia atrás y cierra los ojos como si tocarlo fuese difícil para él.

—Acabas de hacerme el amor—Digo: —y ahora parece que no quisieras que te tocara.

Mis palabras hacen que abra los ojos y me vea.

—No te hice el amor. —Sus palabras me duelen.

—Sí lo hiciste. —Contraataco.

—No, no lo hice— Se defiende y vuelve apartar la mirada de mí.

—Mírame—reclamo con voz firme y lo hace: —Me hiciste el amor, no importa lo que digas.

—Siento que no lo hice, fui muy brusco contigo y te hice llorar.

—Mi madre decía que los ojos son la ventana del alma, que se puede hablar con los ojos, y también podemos besar con la mirada. Cuando tú me haces el amor y me pides que te vea a los ojos, estás pidiendo ver mi alma, al igual que yo pido ver la tuya. —Entonces lo abrazo: —No me digas que eso no es hacer el amor, porque sí lo es.

—Pero estabas llorando, mariposa.

—Lloraba porque me duele verte así, tan vulnerable. Sé que me ocultas algo, Matthew, puedo verlo en tus ojos, no voy a pedir que me lo digas ahora, pero por favor hazlo antes de que sea demasiado tarde y no sepa cómo perdonarte.

— ¿Por qué eres tan buena conmigo?

—Te amo, eres mi hogar.

Todo lo que le diga lo va a doler por muy lindo que sea. Su conciencia no lo deja asumir lo bueno que tiene, se está castigando por algo y no puedo descifrar qué es.

— ¿Estás muy mareado? —pregunto.

—Ya no.

—Bien—Lo beso: —Quiero que me pidas que te vea a los ojos de nuevo mientras me haces el amor.

Me sonríe.

Vuelve a besarme con más ganas y de nuevo nos volvemos amar mientras el agua se desliza por nuestro cuerpo.

Salgo de casa para ir al médico con Ana.
Veo que hay un pequeño sobre en la
puerta, lo cojo y lo meto en mi bolso para
abrirlo luego.

Después de la cita con el médico, todo
marcha bien con el bebé. Ana está
emocionada.

—Nos reuniremos en mi casa esta
noche—dice Ana: —parece que Joe y Matt
se han librado de nosotras esta tarde.

Juego a las muñecas con la pequeña
Ana, Ariana me observa y sonríe.

— ¿Qué? —pregunto.

—Me gustaría verte con una propia.

Me sonrojo.

—Algún día—Imito la frase de Matthew.

—Sí, algún día. —se mofa: —Todavía no
puedo creer que no hayas quedado
embarazada, ustedes son como los
conejos.

— ¡Ana! —la reprendo, porque su
pequeña hija está escuchando.

—Lo siento, me callaré—Dice entre risas.

Dos horas después Matthew y Joe llegan a casa. Compartimos un momento alegre hablando de muchas cosas, entre ellas el progreso del embarazo de Ana y el trabajo que ambos comparten.

La pequeña Ana se quedó dormida en mis brazos y Matthew me observa mientras acaricio la melena de ella.

—Por favor, no me pidas una —Bromeo.

—Por supuesto que quiero una—Sonríe: —Pero cuando estés preparada.

Me sofoco al imaginarme a Matthew siendo padre, es demasiado sobreprotector. Pero sólo pensar en ello me roba suspiros. Es lo que más deseo, formar una familia con él.

Después de llevar a la pequeña a su cama, me uno con los chicos que están en la balcón. Recuerdo el sobre que dejé en mi bolso y voy por él.

— ¿Te ha cansado mi hija? —Pregunta Joe.

—Vale la pena—Sonrío y sostengo el sobre.

— ¿Qué tienes ahí? —pregunta Matthew.

—No lo sé—digo abriéndolo mientras ellos siguen conversando.

No tiene remitente, lo que es extraño, ya que pensaba que era de alguna universidad.

Entonces mi mundo se destruye en un segundo. Mi corazón late demasiado fuerte que todo el mundo puede escucharlo

Mis ojos empiezan a picar y las lágrimas amenazan con salir.

Sus ojos.

Su boca

Su cabello

Lo he visto antes pero no sabía dónde.

Estuvo mintiéndome todo este tiempo.

Sabía quién era yo.

Entonces aquello no fue un sueño, realmente estuvo ahí. Me vio cuando dormía.

Le doy vuelta a la imagen y mi corazón termina de despedazarse por completo cuando mis dedos rozan el nombre del niño que aparece en la fotografía:

Adam Matthew Bennett Reed.

Unas manos y brazos evitan que caiga al suelo.

— ¡Elena!

Ni siquiera puedo respirar, todo me da vueltas y siento nauseas.

El hombre que amo.

El que salvó mi vida.

Mi hogar.

Es *el niño de los ojos hermosos.*

Y lo que más me termina de destruir es que lleva la sangre del hombre que más he odiado toda mi vida.

—*No voy a competir con un primer beso, mariposa. El tal Adam es un maldito afortunado.*

Maldito mentiroso.

Él lo sabía y seguramente se divirtió al darse cuenta que era yo. Ahora todo tiene sentido.

El árbol.

Que me llamase *Elena*.

Por supuesto que sabía que era yo. Era aquella niña a la que besó debajo de aquel árbol. Su tío es Dan Bennett, el hombre que intentó abusar de mi cuando solamente tenía diecisiete años.

—*Hija, Todas las obras de arte deben empezar por el final.*

Por supuesto, mi madre citó a *Poe*. Ella intento decírmelo. Era Matthew.

Ha sido Matthew todo este tiempo.

Todo ha sido una gran mentira.

— ¡Suéltame! —le doy una cachetada.

Ana y Joe intentan detenerme.

—Belle, por favor, tranquilízate.

— ¿Ustedes lo sabían? —Los observo con lágrimas en mis ojos.

— ¿Joe? —asiente y agacha la mirada.

—Mis mejores amigos, mi familia, mi hogar—Sollozo: —Estuvieron mintiéndome todo este tiempo. Ana tú... tú sabias lo que *él* me hizo.

—Belle, Bennett no es Matt.

— ¡Cállate! —Grito: — ¡No lo nombres! Claro que es igual a él.

—Mariposa, por favor.

— ¡No me digas así! —Lo aparto: — ¡No soy tu maldita mariposa! He sido una idiota ¿Has tenido suficiente? ¿Ya lograste lo que querías?

—Por favor—Ruega.

—Eres un Bennett—Musito: —Eres peor que *él*.

—Quise decírtelo—Dice Matthew con voz quebrada: —Puedo explicártelo, Elena.

—No quiero que me expliques nada, no quiero saber nada de ti ni de ustedes. — Sollozo: —Confié en ti, te dije lo que el maldito me hizo, pero tú has terminado lo que él empezó, has obtenido lo que él siempre ha querido de mí.

— ¡No sigas! —me suplica.

—En mis sueños él me dijo que me llevaría al infierno con él. Y así fue, te encontré a ti en el infierno.

—No sabía que eras tú, hasta que recibiste las fotografías de tu padre.

—No quiero escucharlo. —Lo callo: —El polígono, es de él ¿Verdad?

Tensa su mandíbula y asiente con la cabeza.

—He estado huyendo de mi pasado, quería empezar de nuevo y ser feliz— lágrimas ruedan por mis mejillas: —Pero mi pasado siempre ha estado conmigo disfrazado de un ángel, con alas de un *halcón* pero más negras que las alas de un cuervo.

Puedo ver cómo desgarro su corazón con cada una de mis palabras.

Lo veo por última vez y salgo corriendo.

Corro.

Corro sin importarme que me derribe un auto de nuevo.

Todo este tiempo ha sido una gran mentira. El amor que siento por él es lo que me está matando. No conozco su pasado, pero sí conozco su sangre.

Dan Bennett, el que ahora es enemigo de mi padre. Y su ex mano derecha. El hombre que desde muy pequeña estuvo obsesionado conmigo e intentó violarme. El hombre que hizo que odiara vivir, tanto que quise acabar con mi vida.

Matthew, o mejor. Adam, aquel niño que no volví a ver, fue el que me dio mi primer beso debajo del árbol de flores lila.

Matthew, *el niño de los ojos hermosos.*

Adam y Matthew, son la misma persona.

Adam Bennett, el amor de mi vida.

No puedo amarte, Matthew.

No quiero amarte, Adam

Entro al coche sin saber dónde ir. Acelero antes de que Matthew venga por mí.

Cierro mis ojos y conduzco, no sé adónde ir.

No tengo adónde ir, lo único que quiero es ir lejos.

Me odio.

Lo odio.

El polígono del infierno.

Quiero conocer su mundo, quiero saber el infierno que él ha creado. Ya lo conocí y el dolor que me causó no se compara con lo que siento en estos momentos. Doy la vuelta y acelero más de prisa.

Ya sé dónde ir.

Ya sé lo que quiero.

Quiero ser condenada.

El polígono se ve tan diferente, nadie me reconoce esta vez.

«POLÍGONO DEL INFIERNO»

BAR DEL INFIERNO	1ʳʳ Nivel
TIRO AL BLANCO	2ᵈᵒ Nivel
INCITACIÓN	3ᵉʳ Nivel
CONDENACIÓN	4ᵗᵒ Nivel

Hace tres años vi por primera vez ese letrero y mi vida era tan diferente.

Maldigo el momento en que decidí venir y conocerlo.

Conocer mi perdición. El chico que jugaba a ganar, el número uno, al que todo mundo aplaude, admiran y temen.

El *halcón*.

Mi *halcón*.

Voy hasta el nivel 3. Todos están usando máscaras, pero yo no. No me importa que me vean la cara.

—Hola—Un hombre con una máscara roja se acerca. Es fuerte y tiene una voz macabra que asusta.

—Hola.

— ¿Qué haces aquí?

Lo mismo que tú —respondo tajante.

Me sonríe. Tiene una sonrisa embriagadora y peligrosa

— ¿Por qué no usas máscara? — Pregunta:—El pecado no tiene rostro.

—Para mí sí tiene, y es hermoso.

Pienso en su mirada gris, su cuerpo, sus labios, sus abrazos y la manera en cómo me hace el amor, ahora todo eso me lastima. Por supuesto que mi pecado es hermoso.

— ¿Quieres ir al siguiente nivel? — pregunto para acabar con esto.

—Alguien está desesperada por ser condenada.

—Como no tienes idea. —Le devuelvo la sonrisa.

Me toma de la mano y vamos al siguiente nivel. El estómago empieza a dolerme.

Estamos delante de la puerta roja.

"CONDENACIÓN"

Puedo escuchar los gritos desde aquí como la última vez, pero lo extraño es que no hay nadie. Al menos no donde quiero que las hayan.

Observo el río Estigia, el río del odio. Estoy sumergida en él en estos momentos que no me importa nada.

"Sin conocer la humillación jamás sabrán lo que es el sufrimiento y serán marcados de por vida así como serán castigados por toda la eternidad."

Humillación.

Sufrimiento.

Vestigio y

Punición. Las cuatro fases del infierno.

Ya he sido humillada por mucho tiempo por las personas más cercanas a mí. He sufrido por ello y me han marcado.

Ahora quiero ser castigada por creer en sus palabras, por creer en la de él.

— ¿Qué fase quieres, hermosa? — pregunta el extraño, aún lleva su máscara puesta.

—La cuarta.

—La más fuerte—Dice sorprendido:—
¿Por qué quieres ser condenada?

—Por amar.

Me lleva hasta la sala de punición, me desvisto sin que me lo pida y me quedo solamente con mi ropa interior.

—Eres hermosa, es una lástima que quieras castigar tu hermoso cuerpo.

—Por este cuerpo he sido condenada también.

Me amarra las manos a cada lado las vigas, tan fuerte que no siento la sangre circular en ellas.

Se quita la chaqueta y la camisa, tiene el torso desnudo y puedo ver muchos tatuajes. Son llamas de fuego, se ven tan coloridos con la luz de las velas que parece que se movieran y cobraran vida.

—Golpea fuerte—Le ordeno: —y una cosa más.

—Lo que quieras, hermosa.

—Quítate la máscara, quiero verte.

Sonríe y hace lo que le pido, se quita la máscara muy lento y cuando puedo ver su rostro. Una lágrima cae por mi mejilla.

Lucifer.

Voy a ser condenada por el mismo *diablo*, qué ironía.

William me observa y sonríe, ve mi
cuerpo con deseo y prepara el
instrumento, no sin antes acercarse y
susurrarme al oído:

—Hola, señorita Jones.

Aprieto mis ojos. Sé que lo está
disfrutando.

— ¿Sorprendida?

Después de lo que he vivido, no   Lo
veo con odio: —Nada puede
sorprenderme, *profesor.*

— ¿Estás lista? —pregunta detrás de mí.

No respondo y respiro profundo.

Cierro mis ojos.

Primer latigazo.

Corta el aire y yo grito.

¡Mierda!

Siento el ardor en mi piel, y el azote me provoca nauseas, todo empieza a darme vueltas y antes de recuperarme, llega el segundo.

¡Dios!

He decidido hacerlo. ¿Ésta es la vida de Matthew?

No ha renunciado a ello y ahora yo soy parte de su obra maestra. Siento mi piel como se abre pero nada me duele más que el alma, mi corazón está roto, mi vida con él ha sido una mentira. Ni siquiera sé en qué momento me convertí en una víctima de todo el que me rodea.

¡Otro más!

¡De nuevo!

Grito y ya no puedo escuchar mi voz, he dejado caer mi cabeza hacia atrás y sólo mis brazos me sostienen, mis piernas ya no se mueven ni mantienen el resto de mi cuerpo.

Sigo respirando y escucho la risa de William, lo está disfrutando y yo lo estoy utilizando en mi venganza y castigo.

No voy a gritar.

No voy a rendirme.

Lo merezco, merezco ser castigada por amar al hombre que me ha mentido.

Lo amo.

¡Mierda!

Lo amo más que a mi vida y por ello me ıılıı

La música son voces melancólicas, pero no estoy en una iglesia, estoy en el infierno de Adam Bennett. Todo da mil vueltas y logro ponerme de pie de nuevo para seguir recibiendo los golpes de *Lucifer.*

Mi rostro está lleno de lágrimas, mantengo los ojos cerrados, no quiero abrirlos nunca.

Recibo otro azote y vuelvo a gritar. Arqueo la espalda y lanzo la cabeza hacia adelante. Cuando estoy a punto de decirle que pare escucho que tiran la puerta.

— ¡Por Dios! —Conozco esa voz— ¡No, no, no, no!

— ¡Te voy a matar, hijo de puta! —Dice una segunda voz.

Escucho golpes y alguien cae al suelo, permanezco con los ojos cerrados pero puedo sentir cómo corre la sangre por mi espalda.

— ¡Ayúdame a bajarla de ahí!

Un par de manos tocan mi rostro.

— ¿Isabelle? —Toca todo mi rostro.—Abre los ojos.

Entonces lo hago, me pesan los parpados pero con la poca fuerza que me queda lo hago.

David.

— ¡Nick! ¡Saca al maldito hijo de puta de aquí!

¿Nick también está aquí?

Entonces David se hace a un lado y él se acerca.

— ¿Elena? ¡Por Dios! ¿Qué has hecho?

¿Qué he hecho?

Estoy viviendo tu mundo, eso es lo que he hecho.

—Matt, hay que sacarla de aquí—Dice una tercera voz.

Matthew me lleva a su pecho y me sostiene mientras que dos pares de manos están soltándome de las vigas.

Cuando estoy lejos de ellas me dejo caer en los brazos de Matthew, el dolor se multiplica por mil.

Sollozo.

—Lo sé, mi amor. —Dice con voz quebrada: —Tengo que moverte.

Vuelvo a cerrar los ojos, no quiero ver a nadie pero estoy segura que estoy rodeada de Matthew, David, Joe y Niolt.

Los cuatro hombres que sabían la verdad y no me dijeron nada.

Estoy desnuda y empiezo a temblar del frío. Grito del dolor y me duele la garganta.

—No voy a sacarla de aquí desnuda— Dice Matthew enfurecido: — ¡Saquen a toda esa gente de aquí! ¡Ahora!

Alguien corre y hace sonar una alarma de incendios. No sé cuánto tiempo ha pasado, no puedo moverme y ni siquiera puedo hablar.

Hay demasiado silencio. No sé dónde
estoy porque no quiero abrir los ojos.
Tengo miedo de seguir en el mismo lugar.
Y lo único que sé es que alguien me
sostiene y llora.

Intento moverme y sollozo del dolor.

—Mierda—Dice impotente: —mariposa,
no te muevas.

Lloro, pero no es del dolor en mi espalda.
Es de todo lo que me ha hecho durante
todo este tiempo. Primero el polígono y
ahora esto.

— ¿Por qué? —Dice con voz ronca y
pesada: —Tú no perteneces a este
mundo.

La verdad es que también pensaba que él
no pertenecía aquí y ahora me doy cuenta
que ambos estábamos sumergidos en un
pasado maldito que no quedó del todo
atrás.

—Matt—Entra alguien: —Se han ido.

Matthew suspira y acaricia mi cabeza.

—Mariposa, tengo que moverte.

Me doy cuenta que estoy apretando su
camisa y abrazándolo con fuerza. Mi

cuerpo no deja de rechazarlo ni mi
corazón, aunque mi mente quiera
matarlo.

Me separo un poco, y puedo sentir el
vaquero que llevo. Me ha vestido mientras
estaba en modo trance y sólo he quedado
con mi sujetador.

Aprieto los ojos con fuerza y sollozo del
dolor de nuevo. No puedo moverme sin
que me duela.

— ¡Joder!

— ¡Dios santo! —La voz de Joe es de
trauma, ha visto mi espalda.

Soy consciente de que todos están
horrorizados al verme la espalda y
maldigo para mis adentros de que estén
presentes cuando lo único que deseaba
es que nadie se diera cuenta.

—Matt—Dice Nick:—Tenemos que llevarla
al hospital.

Por acto reflejo me agarro del hombro de
Matthew, no quiero ir al hospital y niego
con la cabeza para que entiendan.

—Mariposa, tienen que revisarte la
espalda.

Vuelvo a negar con la cabeza sin poder
abrir mis ojos, es increíble que no me
haya desmayado del dolor aún, es un

castigo que siga sintiendo cada pinchazo que me da la herida.

—La llevaré a casa, tú puedes curarla ahí—Le ordena a Nick.

Me tiembla todo el cuerpo, el calor ha desaparecido y sólo siento frío. Matthew acaricia mis brazos y su toque duele más. Si pudiera salir corriendo lo haría y si pudiera hablar le diría que no me toque y que se vaya a la mierda, pero no puedo hacerlo.

Sigo a horcajadas sobre él, entonces se levanta poco a poco mientras yo entierro mi cabeza en su cuello y gimoteo del dolor.

— ¡Joder! ¡Joder! —Me sostiene de la cintura: —Lo siento, lo siento, pero tengo que moverte, mariposa.

Respiro hondo y me preparo para sentir cómo se estira mi piel cuando se levanta conmigo en brazos.

Escucho pasos, e intento abrir los ojos, todo me da vueltas, entonces veo que vamos por el pasillo, veo el rostro de David, el de Joe y el de Nick. Es una mirada que no había visto antes y me siento mal porque tengan que verme así, tan patética y tan estúpida por lo que acabo de hacer.

David sostiene mi mano y besa mis nudillos.

Cierro mis ojos y cuando vuelvo abrirlos estamos en el auto, puedo escuchar *It is what It is* de *Lifehouse*, siempre hay una canción que nos habla.

I was only trying to bury the pain

But I made you cry and I can't stop the crying

Was only trying to save me

But I lost you again

Now there's only lying

Wish I could say it's only me.

Yo sólo estaba tratando de enterrar el dolor

Pero te hice llorar y no puedo detener el llanto

Sólo estaba tratando de salvarme

Pero te perdí de nuevo

Ahora sólo hay mentiras

Ojalá pudiera decir que soy sólo yo.

Estoy acostada sobre su pecho, el dolor se hace cada vez más fuerte y no puedo dejar de llorar. No puedo dejar de pensar en su rostro.

En la fotografía.

Tuvo que haber sido su tio, el entro a la casa y me vio dormir. Pudo haberme lontimado pero no lo hizo.

¿Por qué no lo hizo?

Debió acabar con todo de una buena vez.

El auto se detiene.

—Mariposa, tengo que moverte, nena— acaricia mi rostro para que lo vea, pero no quiero verlo. —Te voy a mover poco a poco. ¿Bien?

Es una lucha asentir con la cabeza.

Me preparo cuando me levanta y grito llorando.

— ¡Por el amor de Dios, Elena! —Está lleno de impotencia, puedo sentirlo: — Voy a matar a ese hijo de puta.

Y yo quiero matarlo a él. Yo le pedí a William que lo hiciera. Es su polígono, debería de saber que no soy la única que termina así.

Me lleva al interior de la casa y me acuesta sobre el sofá boca abajo.

Abro los ojos, todo está borroso y siento revuelto el estómago y me duele mucho la cabeza.

Nick se acerca con algodón y alcohol para limpiarme, me tenso al pensar que me va a doler como el demonio y sé que me laminuuturó ol reoto de mi vida por lo que acabo de hacer.

—Matt, quítale el sujetador—Pide Nick.

Escucho que la puerta se abre y es Ana.

— ¡Isabelle! —Grita— ¿¡Pero qué hiciste!?

Joe la abraza e intenta calmar a su embarazada esposa.

—Cariño, vamos a casa no puedes ver esto. —Le dice Joe.

Ana se lleva las manos a la boca y niega.

—No me iré, no la dejaré así.

Siento los dedos de Matthew que rozan mi piel para quitarme el sujetador, está pegado a mi piel por la sangre y vuelvo a hacer una mueca de dolor.

—Lo sé, nena—besa mi coronilla.

—Belle, esto te va a doler un poco. —advierte Nick.

Aprieto mis ojos y Matthew sostiene mi mano. Siento el líquido derramarse por mi espalda entonces empiezo a llorar en silencio y aprieto la mano de Matthew.

—Por suerte no va a necesitar suturas.

¿Suerte?

No existe la suerte y sí tal cosa existiera creo que nunca ha estado de mi lado.

Tengo la mirada perdida, Nick sigue limpiando mi espalda y Matthew me ve con dolor. No quita su mirada de mí, está de rodillas a mi lado y llora.

Llora por lo que ha hecho.

Llora porque lo amo y sabe que no lo merece.

Llora porque me ama y me ha hecho daño.

Ambos lloramos porque hemos vivido siempre en el infierno, cuando lo único que quería hacer era salvarlo y llevarlo al paraíso conmigo.

Cierro mis ojos y aunque no quiera volver a abrirlos sé que lo haré.

Todos los días pone crema en mi espalda,
cada día, cada mañana.

Me baña, me da de comer, y mientras lo
hace lloro y luego él llora también, pero
no hablo

No he hablado ni lo he visto a los ojos en
una semana, la espalda me ha dejado de
doler y puedo moverme.

No duermo, pero sueño despierta. Creo
que me estoy volviendo loca. Ana me
habla pero no respondo.

Todos me hablan pero no puedo hablar.

No quiero hablarle a nadie, todos me han
mentido.

—Por favor—Ruega de nuevo Matthew—
Dime algo, mariposa.

Yo no soy su mariposa.

Nunca he sido su mariposa.

Lo veo y se asusta. Los ojos rápidamente
se me llenan de lágrimas. Las limpia y lo
veo llorar a él también.

Entonces separo mis labios para hablar,
le va a doler más que a mí. Pero quiero
que sepa cómo me siento, las
consecuencias de todas sus mentiras se
han reducido en una sola cosa:

—Me cortaste las alas —Susurro: —y se
quemaron en el infierno.

Se quiebra.

Se quiebra como un niño, entonces veo la
mirada de aquel niño debajo del árbol y
me desgarra el corazón. Llora en mi
regazo y me pide perdón una y otra vez.

Me duele verlo así. Quisiera que su dolor
fuera mi dolor y me he castigado por
ambos.

—Perdóname, por favor—Solloza: —No
puedo vivir sin ti, Elena.

Toco su cabeza en mi regazo y lloro con
él.

— ¡Por favor, por favor, por favor!—Se
sacude en llanto: —Perdóname, eres mi
mariposa, eres mi vida, eres mi salvación.

—Te dije que no había nada en el mundo
que me sorprendiera demasiado para
temerte—Susurro: —Ahora sí te tengo
miedo, Adam.

Que lo llamara Adam hace que se tense y
levanta su rostro para verme

—No me llames así. —Me pide con dolor:
—Adam ha quedado atrás.

Ignoro su defensiva y ahora quiero
atacarlo, quiero saber la verdad. Qué ha
sido de su pasado para que dejara al *niño
de los ojos hermosos* atrás.

—Por favor, mariposa—Sostiene mi rostro
con sus manos: —No tengas miedo de mí.

—Me has lastimado.

—Jamás me perdonaré por haberlo
hecho, verte así por mi culpa ha estado
matándome, no merezco tu amor ni tu
perdón. Tengo que explicarte muchas
cosas.

—Es muy tarde para eso.

—No lo es—Se defiende: —Ni siquiera lo
fue cuando te perdí por tres años, no me
voy a rendir ahora.

—Eres un Bennett—Me duele pronunciarlo.

Pensé que lo seguiría odiando, pero en realidad no puedo ni siquiera apartarlo de mí sin saber la verdad. Se lo debo después de todo lo que ha hecho por mí cuando estuve en coma. Detuve su vida y a pesar de su mentira sé que Matthew no es igual a él.

—Voy a decírtelo todo, Elena—Me promete: —No habrán más mentiras y si decides dejarme después de que sepas la verdad, te dejaré ir.

No quiero que me deje ir, y no podré soportar todo lo que tenga que decirme.

Hay algo que siempre he querido saber. Algo que me ha estado matando sin siquiera saberlo:

— ¿Por qué no te volví a ver en la mansión? —Eso es lo primero que quiero saber. —Te esperé todos los días en el árbol y nunca llegaste.

Veo tensión en sus ojos.

—No podía. —Su respuesta no me convence.

— ¿Por qué no podías?

—Dan me prohibió acercarme a ti. —Que Matthew pronuncie su nombre me hace estremecer.

—Pero éramos unos niños.

—Yo tenía trece—Me explica:—Admiraba a mi tío y siempre me gustaba acompañarlo a todos lados, mi padre siempre estaba viajando constantemente así que sólo tenía a mi tío. A mi madre no le gustaba, no era una buena influencia para mí, a los quince me ofreció a una de sus mujeres, a los dieciséis me enseñó a disparar y lanzar en el tiro al blanco y a los dieciocho me entregó las llaves del polígono.

Le arrebató su vida desde muy joven, lo arrastró a su mundo.

—Cuando mi padre murió, no tenía a nadie, Nick y Susan estaban muy pequeños, se suponía que yo era el hombre de la casa. —Niega con la cabeza al revivir ese recuerdo: —Pero a los veinte mi vida eran las mujeres el alcohol y el poder. A mi madre no le gustó el hombre en que me estaba convirtiendo.

— ¿Por qué te fuiste de Washington?

—A pesar de llevar ese estilo de vida, sabía lo que quería. No era el polígono ni el poder. Siempre fue la poesía, amaba leer pero sabía que en Washington no lo conseguiría, así que me fui de casa junto con Joe, crecimos juntos y ambos queríamos estudiar lejos de todo aquello. Al principio Dan no estuvo de acuerdo así que trajo mi pasado hasta aquí.

—El polígono del infierno, —murmuro.

—Sí, siempre dijo que el infierno seguiría a todos los Bennett y que yo era el último en seguir con la tradición de tiro al blanco, mi abuelo jugaba, mi padre también lo hacía, pero no me di cuenta de ello hasta después de que murió, me sentí tan culpable de ser yo el que rompiera esa tradición así que seguí en ello.

—Pero lo que hay en el polígono es más que un juego de tiro al blanco.

—Dan siempre fue oscuro y nunca lo quise ver, le gustaba el poder, la sangre e incluso matar para obtener lo que se propone. —Se me hace un nudo en la garganta: —Su idea del infierno fue tan literal y creó los niveles de *incitación* y *condenación*, al principio pensé que era una locura, pero en realidad a la gente le gustó.

— ¿Cómo pudiste ser parte de algo así? —se me quiebra la voz.

—Nunca quise ser parte de ello, al menos no de lo que ocurría más allá del tiro al blanco. Pero tenía una familia y una carrera. Dan amenazó con quitarnos la herencia que dejó nuestro padre si me negaba a ser parte de ello. El tío de Joe, no tiene nada que ver en eso, todo ha sido una fachada para encubrir a Dan.

No puedo creerlo. Tiene sentido, jamás conocí al supuesto tío de Joe.

— ¿Has participado en...—ni siquiera puedo terminar la palabra.

—He hecho todo lo que se hace en el polígono del infierno, Elena. —Era eso lo que temía escuchar: —Todos mis tatuajes los hice ahí, he estado en la sala de incitación más tiempo que en la sala de mi propia casa, me han golpeado tantas veces de las que te puedas imaginar...

—Para—lo corto. No puedo seguir escuchándolo.

—Mariposa, nunca he golpeado a nadie si eso es lo que te preocupa, no soy del todo un monstruo, nunca he participado en ese tipo de mierda.

—Yo... no entiendo, Matthew. —Gimoteo: —Han pasado tantos años y todavía sigues siendo parte de ese lugar.

Hay tensión en su rostro. Todavía hay algo más:

—Mariposa—Hace una pausa—Cuando supe quién eras, hablé con Dan.

— ¿Qué? —Me asusto: — ¿Él sabe dónde he estado todo este tiempo?

—Hablé con él, le dije que ya no quería ser parte del polígono. Pretendía cambiar por ti. Había encontrado mi salvación y ya no tenía sentido ser parte de ese mundo.

Oh, Matthew.

— Me sorprendí cuando aceptó sin hacer una sola pregunta. —Suspira:—Después supo la verdad de mi renuncia.

—Matthew...

—Le pedí que se alejara de ti, quise matarlo cuando me dijiste que alguien intentó hacerte daño, no fue difícil adivinar que se trataba de él y cuando viste mi fotografía no dude en terminar de armar la pieza que hacía falta.

Estoy en un mar de llanto. Me he quebrado por completo al escucharlo que su vida se ha vuelto un infierno también por mi culpa.

—Hice un trato con él.

— ¿Un trato? —Aclaro mi garganta esperando lo peor.

—Me dijo que no se acercaría a ti mientras yo dirigía el polígono.

— ¿Matthew, qué hiciste? —Sollozo.

—Soy el dueño del infierno, Elena. Y no me importa; con tal de protegerte

Me lanzo en sus brazos y lo abrazo fuerte.
No tenía idea de que él estuviera
haciendo todo eso por mí.

Los *algún día.*

Sabía que nunca iban a llegar porque me
estaba protegiendo todo este tiempo.

—Perdóname, mi amor—Me susurra al
oído: —Perdóname porque no te protegí lo
suficiente.

— ¡No me pidas perdón! —Le exijo: —No
me pidas que te perdone por protegerme.
Habías renunciado a ello y yo te arrastré
de nuevo a ese mundo y todo es mi culpa.

— ¡Para! —Me calla:—Para, por favor,
mariposa.

Este hombre rendido a mis pies. Me ha
salvado la vida, me ha salvado de su
sangre y yo he actuado por impulso y lo
he lastimado de la peor manera.

— ¿Cómo puedo merecerte? —Ahora soy
yo la que hace la pregunta: — ¿Cómo
puedo merecerme tu amor cuando te he
hecho pasar por todo esto? primero el
coma y ahora esto, Matthew... yo... yo no
puedo soportarlo.

—Calla, Elena—Me abraza con más fuerza: —No me arrepiento de nada ¿Sabes por qué?

Me aparto para verlo a los ojos y niego con la cabeza. No sé cómo no puede arrepentirse cuando yo me he arrepentido de todo.

—Somos tú y yo

—Salvo tú y yo únicamente— Lo oigo y me sonríe.

¿Cómo puede sonreírme y llorar a la vez?

—Te amo, Matthew—Sollozo en su pecho: —Te amo y no me importa ir al infierno de nuevo contigo.

—Ahora estamos en el paraíso, mariposa.
—Besa mis labios—Tú eres mi paraíso.

Permanecemos en silencio y desnudos en la oscuridad. Me ha amado de nuevo, me ha llevado a su paraíso. Ya no hay nada en el mundo que se interponga entre nosotros.

Seremos felices.

Sin mentiras.

Sin un pasado que nos separe.

— ¿Por qué me besaste? —Pregunto en silencio: —En el árbol, no me conocías, pero me besaste. ¿Por qué?

—Te veías tan hermosa debajo de aquel arbol, estabas tan asustada y llorabas. Siempre estabas llorando cuando te miraba. —Acaricia mi cabello. Ouando te vi tan cerca no me pude resistir, tus ojos, tu cabello, tu voz. Cuando te besé supe que te amaría por siempre, sabía que quizás no te volvería a ver. Dejé todo atrás, pero no pude dejar a *la niña del árbol.*

— ¿Por eso plantaste el árbol aquí?

—Sí, quería tener algo para recordarte. Cuando veía el árbol, no te recordaba triste, te recordaba sonriéndome. Miraba a la pequeña Elena.

—Siempre te recordaba—Confieso: —Era un recuerdo borroso pero estabas ahí, era una niña triste cuando te conocí y siempre quise volver a verte, me daba miedo cuando miraba a... Dan, pero no me importaba porque quizás tú venias con él. Pero no, entonces dejé de esperarte.

—Hiciste bien—Susurra: —Yo volví a verte.

— ¿Qué? —pregunto asombrada.

—Cuando cumpliste dieciséis, yo tenía diecinueve, te hicieron una fiesta. Todos usaban un antifaz. —Lo recuerdo—Te veías tan hermosa con tu vestido blanco, mi vida ya empezaba a ser un infierno y no te merecía, pero tenía que verte.

— ¿Por qué no me buscaste?

—Iba a hacerlo, pero Dan estaba ahí y me detuvo. Me dijo que jamás estaría a tu altura y que si no me iba de la fiesta, te haría daño esa misma noche.

—Lo intentó después—musito y esta vez no tengo miedo de decirlo.

—Esa fue la primera vez que te fallé, mariposa.

—No—No puedo dejar que se siga culpando por todo lo malo que me ha pasado: —No lo sabías, toda mi vida cambió después de esa fiesta, mi madre se suicidó y a los diecisiete me fui de casa.

—Cuando te vi la primera vez en el polígono, no estaba seguro si eras tú, te conocía solamente por Elena y tu mirada no era la misma.

Lo sé, estaba llena de odio y resentimiento. Aquella niña tímida había desaparecido por completo.

—Pero cuando leí tu nombre, Elena Isabelle Jones—Acaricia mi nombre: —Mi mundo empezó a girar. Y cuando me miraste por un segundo antes de desmayarte en mis brazos, volví a ver la mirada de la niña del árbol.

—Yo jamás hubiera imaginado que tú eras él. —Admito: —Enterré a Adam como mi *primer beso.*

—Soy tu *primer* y *segundo primer beso.*

—Lo eres. —Coincido: —Eres mi *primer todo.*

—Y quiero ser el último.

—Lo eres. —Coincido de nuevo: —Eres mi último y único amor.

꙼Ɛ323ᦊ

Mi espalda ha sanado, así como nuestras heridas del pasado. Todo ha mejorado entre nosotros dos y sigo confiando ciegamente en él.

Él y yo

Solos él y yo únicamente,

— ¿Qué haces aquí? —Me sorprende mientras leo cerca de nuestro árbol.

—Leyendo un poco, las vacaciones me están matando y ya quiero empezar el último curso del máster.

—Lo sé, pero nada de trabajar por los momentos.

—De acuerdo, *profesor.*

— ¿Qué lees? —pregunta.

—*En busca del tiempo perdido*[12]

—Un libro muy interesante—Comenta: — Es ampliamente considerada una de las cumbres de la literatura francesa y universal.

---

[12] Marcel Proust (1913–Francia)

—El personaje crece a la vez que descubre el mundo, el amor, y la existencia de la homosexualidad.

—Es correcto, señorita Jones.

—Gracias, *profesor*.

Se sienta a mi lado y acerco mi espalda a su pecho, siento que sube y baja con iiiiilui iiiiiliiiluil

— ¿Estás bien? —Pregunto: —Pareces agitado.

—Estoy bien, mariposa. — Besa mi cabello.

Permanecemos en silencio, me quedo observando los arboles de flores lila a nuestro alrededor, nuestro pequeño paraíso ha crecido. Él lo ha hecho por mí.

— ¿En qué piensas?—vuelvo a preguntar.

—En nuestro árbol. —dice: —Aquí fue nuestro primero beso.

Que piense en ello me hace sonreír.

—Nuestro primer beso—susurro.

—También fue donde nos presentaron por primera vez.

Rio para mis adentros. Estaba tan nerviosa con su mirada gris penetrante.

—Sí, y lo ibas a destruir.

—Lo sé, pero cuando vi tu rostro fue lo mejor que había visto en mucho tiempo. Así que en mis sueños lo pedí prestado a la niña que le robé su primer beso. Le dije que a ti te gustaba y estuvo de acuerdo en compartirlo.

— ¿Lo prestado?

—Sí,

Sonrío porque tiene razón. Yo lo hubiese compartido con el nuevo amor de Adam, así como él lo hubiese compartido también conmigo.

—Este árbol significa mucho para los dos, mariposa. Lo mejor que me ha pasado en la vida ha sido debajo de él y quiero que así sea siempre.

Escucho su corazón que va más rápido.

— ¿Matthew?...

—Elena, quiero pedirte en nuestro pequeño paraíso que seas mi esposa.

OH, DIOS MIO.

Me incorporo para verlo. Su expresión no tiene precio y sé que la mía tampoco.

Me regala la risa que más me gusta y la mirada gris que tanto amo.

Veo que tiene sobre sus manos una pequeña caja de terciopelo y me llevo las manos sorprendida a la boca por lo que veo.

—Mariposa—Abre la caja: —Mi dulce Elena: —Me sonríe con lágrimas en sus ojos.

— ¿Te casarías conmigo?

Amo a este hombre. Amo todo de él, su pasado su presente y amaré nuestro futuro juntos. Ha salvado mi vida, me ha hecho la persona más feliz del mundo. Con él he aprendido a perdonar y olvidar. Me ha enseñado lo que es vivir y volar.

Me ha devuelto las alas.

—Sí—Lloriqueo: —Sí quiero casarme contigo.

Me besa con ímpetu y me abraza, lloramos y sonreímos a la vez. Definitivamente tenemos que tener un árbol de estos donde quiera que vayamos, lo mejor de nuestras vidas ha pasado debajo de él.

—Esto no es un sueño dentro de un sueño—dice citando el poema de *Poe:* — Esto es nuestra realidad.

Lo veo y saboreo de nuevo nuestro primer beso como mi prometido.

—Para que quede claro—Susurro en sus labios:— No me robaste nada.

Sonríe y me vuelve a besar.

Mañana es nuestra boda.

Hace dos meses me pidió que fuese su esposa y no quise esperar mas. No quiero hacerlo esperar un minuto más por mí.

Quiero ser su esposa.

—Estoy tan orgullosa de ti, Belle. —Dice Ana, en brazos del pequeño Joseph: — Merecen ser felices, ambos.

—Soy feliz, Ana—digo con lágrimas en mis ojos: —Soy verdaderamente feliz a su lado.

—Y así tiene que ser siempre.

Siempre es una palabra muy grande, pero más grande es nuestro amor que ha sido capaz de ir hasta el cielo y sumergirse en las llamas del infierno. Hemos pasado por todo y todavía estamos juntos.

Amándonos.

—Me pregunto qué estarán haciendo en la despedida de solteros. —Se mofa Ana.

—Seguro no la están pasando mejor que nosotras, amamantando ni cambiando pañales.

Reímos a carcajadas.

No quise una despedida de soltera como suele hacerlo una soltera tradicional. En realidad no tengo que despedir nada de mi vida, más bien darle la bienvenida a la felicidad.

Unos pequeños bracitos me despiertan por la mañana.

—Tía Belle.

—Ana—murmuro:—mi pequeña uva.

Se mete a la cama conmigo y vuelve a quedarse dormida. Dos horas después su madre malhumorada nos despierta.

— ¡Despierten! —Como los viejos tiempos, pero esta vez no brinca sobre la cama. — Hay que prepararnos. ¡Hoy te casas!

¡Demonios!

Hoy me caso.

Oh, no diosas de las novias nerviosas, ayúdenme a controlar mis nervios.

Salto de la cama nerviosa y me meto a la ducha.

¡Mierda!

¡HOY ME CASO!

Mi felicidad.

Mi sueño hecho realidad.

Me caso con el amor de mi vida.

Mi primer amor.

Mi único amor.

Mi niño de los ojos hermosos

Mi paraíso.

Mi dulce cuervo.

—Te ves hermosa—Dice Ana llorando junto con Verónica y Susan.

—No me hagan llorar—Me quejo: —Se supone que soy yo la que tiene que estar llorando.

—Lo sé, lo sé.

—Vamos—dice Verónica:—Matthew está esperando por ti.

Y yo no quiero hacerlo esperar otro segundo más.

Mis nervios empiezan a hacerme una mala jugada y todo empieza a darme vueltas.

¿Por qué tengo miedo?

No debo tener miedo.

—Belle, tranquila—dice Ana abrazándome: —Creo que deberías leer la carta.

Tiene razón.

Todavía no he leído las cartas que me dejó mi madre y que mi padre envió hace unos años. El mismo día cuando Matthew se dio cuenta que era Elena.

Ana guardó por mí esas cartas, no pude ni siquiera tenerlas yo. Me dolía demasiado.

—Ten—Me entrega las dos cartas—Es momento de leerlas.

—Te esperaremos afuera—Me indica Verónica.

Salen de la habitación y me dejan un momento a solas. Sostengo la carta en mis manos y acaricio mi nombre.

Novia

Respiro profundo y decido leerla:

Querida Novia,

Hija, no sabes que feliz me siento de ser tu madre. Eres la luz de mi vida y me siento orgullosa de ti, mi pequeña *mariposa*. Nunca te había llamado así, pero lo eres. Extiende tus alas y aunque ya no esté contigo en el mundo físico, estoy contigo en tu corazón.

He dejado esta carta bajo el nombre de *Novia* porque sé que has encontrado al hombre de tus sueños. El que te enseñará a volar y nunca dejará caer a mi pequeña. Quizás no sea perfecto, quizás no posea alas de colores como las tuyas, pero estoy segura que tiene una armadura de guerrero y que te protegerá. Te has convertido en una mujer fuerte y hermosa. Eso lo sé, siempre has sido más fuerte que yo. También sé que has cumplido tu sueño y que te convertirás en una gran profesora de historia.

Siempre has querido seguir mis pasos, y eso es lo que más he temido toda mi vida, Elena. Que quieras ser como yo.

Yo no soy perfecta, hija. Yo me he equivocado, permití encerrarte en un castillo y alejarte del mundo que está allá afuera.

Tengo miedo de no estar ahí para decirte que
todo estará bien. Pero sé que lograrás
levantarte si algún día llegas a caer.
Ahora que estás a punto de casarte, sé mejor
esposa de lo que fui, y sé mejor madre de la
que pude llegar a ser.

Pero sobre todo sé tú misma.
La pequeña niña que me pedía que la vistiera
de color lila, la misma niña alegre y llena de
vida.

No tengas miedo de extender tus alas y volar.

Te amo, Elena. Recuérdalo siempre.

Tu Madre que te cuida,
Ana.

— ¿Dónde está Matthew? —pregunto a Verónica.

—Ya debe haber salido de la habitación para ir a la iglesia.

— ¡Tengo que verlo! —digo desesperada.

—Querida, no puede verte, es de mala suerte.

—Tengo que verlo, por favor ayúdame con el vestido.

Hace lo que le pido sin hacer preguntas y corro por el pasillo.

No hay nadie en la habitación y no llevo mi teléfono para llamarlo. Sigo corriendo sosteniendo la larga cola del *Vera Wang*[13] y llego hasta el vestíbulo. Puedo ver a Matthew que cruza la puerta junto con los chicos.

— ¡Matthew! —grito y se detiene.

Corro hacia donde él. Me acerco y él me ve de pies a cabeza y aclarando un nudo en su garganta dice:

---

[13] Colección de vestidos de novia.

— ¿Mariposa, estás bien? —pregunta tocando mi rostro, estoy jadeando después de haber corrido por todo el hotel.

—Sí—jadeo—Tengo que darte esto.

Le entrego la segunda carta que mi madre dejó.

—Por favor, léela.

Él sostiene la carta en sus manos. Le sonrío y regreso con Verónica.

—Ahora sí estoy lista.

Elena me entregó una carta. Mi mundo se paralizó por un segundo cuando la vi. Se veía tan hermosa.

Pensé que se había arrepentido y que ya no quería casarse conmigo. Pero cuando me entregó la carta sentí un escalofrío por todo el cuerpo.

Se supone que es de mala suerte ver a la novia antes de casarse. Pero al diablo con la mala suerte. Puedo atravesar el infierno de nuevo y sé que ella estará esperándome del otro lado.

Mientras veo por la ventana camino a la iglesia; sostengo el sobre en mis manos y leo de nuevo la palabra:

Novio

Querido novio,

No te conozco, pero te quiero. Te quiero por
ser el hombre que mi hija ha elegido para
pasar el resto de su vida y formar una familia

Lamento mucho no estar ahí y poder
preguntarte ¿Cuáles son las intenciones que
tienes con mi pequeña Elena?

Pero vamos a omitirlo, ya que sé con mucha
fe que tu intención es amarla y protegerla. He
dejado esta carta para ti con la esperanza de
que te ayude si estás nervioso por el gran día
en que sus vidas están a punto de cambiar.
Pero también quiero darte las gracias.

Gracias por amar a mi hija.
Gracias porque tú le enseñarás a volar.

He hecho una pequeña lista de las cosas que
quizás te hayan preocupado si nos
hubiésemos conocido:

No me importa que religión seas si sabes
distinguir entre el bien y el mal.
No me importa que color sea tu piel cuando
por dentro el color de tu sangre es igual que
la de mi hija.

No me importa si tienes tatuajes en tu cuerpo, si llevas tatuado el amor de mi hija en tu corazón.
No me importa si eres pobre o rico, mientras luches por lo que quieres.
No me importa si fuiste educado, siempre y cuando hayas sido educado para valorar lo sagrado y para saber que cada momento de la vida y cada momento que pases con mi hija es así: algo profundamente sagrado.

No me importa nada de eso o cualquier cosa que te pueda preocupar para que yo no te acepte.

Te acepto.

Te he aceptado desde antes que mi hija se enamorara de ti.
¿Sabes por qué?
Eres la respuesta a mis oraciones.
Eres el hombre que he pedido para mi hija y estoy segura que eres mucho más de lo que haya deseado para ella.

Sólo te pido una cosa:
Ayúdala a sanar.

No te pido que la ames. Ese trabajo es tuyo.

Ayúdala a sanar y llenar el vacío que yo he dejado en su corazón al irme. Mi intención nunca fue dejarla. Estoy deseando con todas mis fuerzas poder estar ahí al lado de ustedes. Sosteniendo su velo y bailando contigo. Porque sé que eres un hombre apuesto con una sonrisa encantadora.

Cuida a nuestra *mariposa*.

Con amor,

Ana.

Iglesia Santorini, Grecia.

En el *betrothal*[14] intercambiamos los
anillos tras veces, simbolizando así la
Santísima Trinidad. Ha sido un momento
glorioso donde nos hemos prometido
respeto y devoción el uno por el otro.

Durante nuestra coronación, nos hemos
convertido en los reyes de nuestra propia
familia, y hemos asumido públicamente
el compromiso de enfrentar todas las
dificultades o adversidades que se nos
presenten.

Ahora es momento de compartir el vino
con todos los invitados como el que
comparte sus bienes materiales y
espirituales. Matthew no ha dejado de
sonreírme, y no le he preguntado qué
decía la carta. Estoy segura que ahora es
un hombre diferente al igual que yo soy
una mujer distinta después de leer las
palabras de mi madre en este día tan
importante de mi vida.

---

[14] Compromiso matrimonial, boda, casamiento.

Nos casamos en Grecia, en la Iglesia Santorini[15] siempre quise venir a Grecia como lo prometió mi madre. Pero jamás me imaginé casarme aquí. Matthew me sorprendió cuando dijo que sería un pequeño viaje antes de la boda.

Fue maravilloso y nunca dejaré de sorprenderme.

—Mi esposa —Susurra en mi oído mientras me abraza.

—Mi esposo.

—Al fin eres mía.

—Mi corazón ha sido tuyo desde que tengo diez años.

—Y el mío ha sido tuyo desde antes de conocerte.

— ¿Desde antes? —pregunto.

—Eso fue lo que dijo tu madre.

Oh, mi madre.

—Espero que mi madre no haya sido dura contigo en la carta.

Sonríe y me da un suave beso en los labios.

—Amo a tu madre.

---

[15] Es una de las islas del Archipiélago de las Cicladas en el Mar Egeo, Grecia.

Y sé que ella también lo ama.

Bailamos y reímos al lado de nuestra familia. Mi padre bailó conmigo con lágrimas en sus ojos. No podía estar más feliz.

Cuando le dije que Matthew era sobrino de Dan me llevé la sorpresa de que ya lo sabía. Había estado investigando con quién estaba viviendo todo este tiempo y lo supo desde antes del accidente y fue el mismo Matthew el que se lo confesó.

No sé qué habrá pasado entre mi padre y Dan. Y no quiero saberlo. Todas mis heridas han sido sanadas excepto una, algún día tendré que aceptarlo.

Algún día tendré que aceptar que mi madre tomó el camino más fácil. Pero hoy no.

Hoy quiero recordarla como la mujer más valiente que he conocido.

Susan y David bailan juntos. Los veo besarse y abrazarse, mi amigo no puede estar en mejores manos. Ha conocido a alguien más dulce que yo y ella ha conocido un chico fuerte y leal.

—Mira a nuestro alrededor—Le digo a Matthew: —Somos afortunados, es la vida que siempre he querido.

—No puedo esperar para formar una familia contigo, mariposa.

—No te lo dije en el altar—Beso su mano: —pero prometo salvarte siempre que te encuentres en la oscuridad. No me arrepiento de nada, Matthew. No me arrepiento de haberte conocido.

—Elena—Me abraza: —Detengo el mundo cuando me miras, y robo suspiros en el paraíso por tus besos, pienso que no puedo amarte más y sin embargo, cada instante te amo más y más.

—Mi esposo es el poeta más *sexy* del mundo.

Matthew ríe a carcajadas.

— ¿Tu poeta sexy? —pregunta entre risas.

—Mi *poeta* logró casarse con su amada, algo que no hizo *Poe*. Ya puedes sentirte afortunado.

—Mi dulce Elena—Musita: —Soy afortunado desde el día en que te conocí cuando era un niño.

Mientras permanecemos viéndonos el uno al otro, Nick se acerca:

—Hermano, Yo no pido nada prestado, pero tu sexy esposa hará la excepción para este baile. ¿Me permites, Belle?

—Compórtate, Nick—Gruñe en broma: —
Es mi sexy esposa y ahora sí puede
patearte el culo.

Lo beso en los labios y alcanzo la mano
de Nick. Llegamos hasta la pista de baile
donde suena *Don't Know Why* de *Norah
Jones.*

—Gracias.

¿Por qué me das las gracias, Nick?

—Por traer la felicidad a mi familia.

Oh, Nick.

Se me encoje el corazón y me dan ganas
de llorar.

—En ese caso, *nuestra* familia me ha
hecho muy feliz a mí también.

Ambos sonreímos y nos seguimos
moviendo al ritmo de la música.

—Quiero verte a ti feliz con alguien.

—Belle, no hay tanta dulzura en el
mundo como tú y mi hermana, pero
cuando esa chica llegue, serás la primera
en conocerla.

—La encontrarás. —le seguro: —Y será
muy afortunada de tener a un *sexy*
doctor como su esposo.

— ¡Oye! —Se mofa: —Un paso a la vez.
Empecemos mejor con *amiga* o *amiga con
derecho a roce.*

Lo golpeo en el hombro por ser tan sin
vergüenza.

— ¡Ay! —Se ríe—De acuerdo, lo que tú
digas, Belle.

Nick siempre ha sido un caso especial,
pero estoy segura que su chica está por
ahí, en espera de él. Sólo deseo que no la
deje ir nunca y que luche por su amada.
Así como Matthew ha luchado por mí.

≫Ɛ353≪

La Luna de miel en Grecia fue un sueño hecho realidad por la maravillosa *Atenas*[16], paseamos por el área metropolitana y recorrimos los barrios *Plaka* y *Monastiraki* de antigua de *Atenas* y visitamos el *Partenón*.[17]

Regresamos a nuestro hogar. Matthew quiere comprar una nueva casa pero me niego. Quiero que éste sea nuestro hogar y no necesito nada nuevo, aquí creció mi amor por él y aquí quiero empezar nuestra vida de casados.

—No entiendo—dice observándome acurrucada en el mueble: —Te verías igual de hermosa en una nueva casa.

—Me gusta vivir aquí.

—Mariposa, si es por los árboles, puedo plantarte miles en nuestra nueva casa.

—No sería igual—Me quejo: —Además no quiero una casa tan grande, sólo seremos tú y yo.

---

[16] Es la capital de Grecia y actualmente la ciudad más grande del país.
[17] Es uno de los principales templos dóricos, 447 y 432 a. C. en la Acrópolis de Atenas.

—No será así siempre—Conozco esa mirada.

Oh, no, no, no.

Se acerca y siento su aliento en mi rostro.

—Respira, mariposa. —Susurra en mi cuello: Cuando esté lista, podemos empezar.

Me sofoco al escuchar su ronca voz pidiéndome un hijo.

—Tengo una sorpresa para ti, cuando termine lo que estoy a punto de hacerte, nos ducharemos y nos iremos.

— ¿Hacerme? —pregunto con voz temblorosa.

Me levanta la blusa por encima de mi cabeza y me baja los vaqueros cortos. Él se quita la camisa de manera muy lenta, haciéndome suspirar por lo que veo y nunca me canso de admirar.

Su perfecto torso desnudo. Sus músculos bien definidos y esa V que se marca al final de su cintura, me gusta recorrerla a besos.

— ¿Te gusta lo que ves? —su voz me atrapa y me sonrojo.

—Ya no me sorprende como antes, me he acostumbrado—miento descaradamente.

Él me ve ocultando esa sonrisa de arrogante y asiente.

Me levanta y me lleva en sus hombros hasta la cama.

— ¡Matthew! —grito riendo. Pero en realidad estoy muerta de los nervios. Lo he provocado.

No responde y me tumba sobre la cama, me rompe la ropa interior de un tirón y se termina de desnudar.

Trago una bocanada de aire y con todas mis fuerzas evito que mi mandíbula caiga en la cama por lo que estoy viendo.

Lo he provocado.

— ¿Entonces ya no te sorprendo? —parece divertirle al verme así.

No puedo hablar, así que asiento con la cabeza.

Empieza a besarme los pies, provocándome cosquilleo en todo mi cuerpo. Sigue trazando besos más arriba hasta llegar a mis muslos y se detiene en el interior.

Arqueo la espalda y echo la cabeza hacia atrás.

Lo he provocado y está matándome de placer.

— ¡Matthew! —gimo.

—Oh, mariposa, no parece que te haya
sorprendido lo suficiente.

Lo está disfrutando.

Sigue lamiendo y mordiendo los lugares
donde sólo él ha estado y yo sigo gritando
del placer que me provoca

Sigue subiendo y besa mi vientre plano.
Llega hasta mis pechos y vuelve a lamer y
morder. Mi corazón da mil vueltas y yo
entierro mis uñas en su hombro.

— ¿Todavía sigo sin sorprenderte? —
pregunta excitado.

Quiero más, así que asiento. Para
seguirlo provocando.

—Oh, Elena—Dice divertido: —Eres una
esposa caliente.

Me sonrojo por su comentario y devora
mis labios con frenesí.

Se coloca encima de mí y separa mis
piernas con su rodilla, sigue besando mi
cuello seguido de mis labios y entra.

— ¡Dios! —grito.

— ¿Esto te ha sorprendido? —Me embiste
con ritmo: — ¿Esto? —mueve sus caderas
más rápido: — ¿O esto?

— ¡Por favor! —ruego.

— ¿Por favor qué, mariposa?

— ¡Sigue sorprendiéndome! —chillo.

Y cuando pienso que es imposible
acelerar más el ritmo, lo hace. Entra y
sale de mí con más fuerza. Sigo
devorando sus labios y gimiendo en ellos.
No me olvido de verlo a los ojos. Deseo
verlo tanto como él a mí.

— ¡Joder! —gruñe apretando mi trasero:
—Mariposa, eres increíble, tú siempre me
sorprendes.

Él nunca dejará de sorprenderme a mí.

— ¡Matthew! — me desplomo y él me
sigue dejándose caer encima de mí.

Estamos jadeando rápido.

Cansados y sudados.

Me ve a los ojos. —Eres una pequeña
mentirosa—Sus ojos se iluminan: —
Nunca vas a dejar de sonrojarte conmigo.

Lo sé.

—Me encanta que me sorprendas. —digo
sonrojada.

Nos quedamos abrazados por unos
momentos más. Estoy feliz de ser su

esposa, pero una ola de tristeza empieza a invadir mi mente y mi corazón.

— ¿Mariposa? —rompe el silencio.

— ¿Sí?

— ¿Por qué lloras? —No me di cuenta que lo hacía.

—No es nada. —Miento: —Vamos a la ducha

Me ayuda a salir de la cama y nos metemos a la ducha. Hace su tarea sin que yo se lo pida. Lava todo mi cuerpo y yo el de él. Siento que me observa pero yo no quiero verlo a los ojos. No quiero que mire el miedo en los míos.

—Mírame, Elena.

—No pasa nada, Matthew.

Toca mi barbilla y levanta mi rostro.

—No hay nada en el mundo que nos quite esto—Ha leído mi mente: —Eres mi esposa y yo soy tu esposo. El mundo sabe que eres mía.

Lo abrazo fuerte. Ambos estamos resbaladizos y no me importa. Quiero abrazarlo quiero sentir lo que es mío. Quiero creer que no hay nada en el mundo que nos pueda separar.

—No vuelvas a decirme que no es nada cuando veo lágrimas en tus ojos—me pide con amor: —Te conozco, eres mi vida.

—Lo siento—susurro en su pecho.

Te disculpas demasiado, mariposa.

Sonrío por su regaño.

Vamos en el Mercedes por las calles de Chicago. No sé a dónde vamos ni de qué se trata mi sorpresa. El sol brilla y me siento viva.

Treinta minutos después aparcamos enfrente de una casa de tres niveles y una hermosa terraza en la parte de atrás.

Escucho el sonido de los pájaros y el viento amenaza con levantar mi vestido.

—Me está gustando esta casa—Dice Matthew al verme que bajo mi vestido a toda velocidad.

De nuevo me sonrojo.

— ¿Qué hacemos aquí? —pregunto.

—Ven—Me ofrece su mano:—Ahora lo verás.

La casa es hermosa e inmensa. Una gran mesa de cristal con flores lila reposa en el vestíbulo, hay dos escaleras al fondo que

dan al resto de la casa y desde la puerta
puedo ver el pasto verde del jardín.

—Parece una mansión.

—Es una mansión—me corrige.

—Oh.

Hay dos salas y sus muebles son
hermosos, con inmensos cojines y hay
una gran chimenea que acentúa la
habitación.

Seguimos viendo el resto y he contado
más de cinco habitaciones. Pero la
principal fue todo un sueño. La cama
tiene barrotes y una gran cabecera de
terciopelo.

—Quiero que veas algo—dice Matthew
llevándome escalera abajo.

Siento el viento de nuevo, sigo caminando
hasta donde él me lleva y me detengo.

Observo todo y estoy a punto de echarme
a llorar pero no quiero arruinarlo con
más lágrimas, aunque serían de felicidad
esta vez.

—Matthew...

No, no pude contenerme. Soy de nuevo
lágrimas.

— ¿Te gusta? —pregunta sonriente.

—Me encanta—sigo observando—No puedo creerlo.

Estamos en el jardín y hay árboles jacaranda más grandes de los que he visto en toda mi vida. Son más grandes que el primero de la mansión Jones y los que hay en nuestra casa.

Y eso no es todo, ha hecho un jardín de mariposas.

— ¿Cómo has hecho un jardín de mariposas?

—Unas flores delicadas en néctar para alimentar a los adultos y otras específicas para que depositen sus huevos. De este modo, no solo atraeremos mariposas, sino, que podremos disfrutar de su asombroso ciclo de vida.

Sus flores color lila brillan en la luz del sol. Escucho una pequeña cascada y veo una piscina al fondo del jardín. Todo es inmenso y los árboles son el toque perfecto. Hay una cubierta cerca del árbol con una cama con almohadones del mismo color y muchas velas alrededor. Es un pequeño paraíso y *nido de amor.*

—Aquí podremos leer muy a gusto y si nos aburrimos puedo sorprenderte aquí mismo también.

Abro los ojos como platos y me ruborizo. Quiere hacerme el amor al aire libre.

—Sabía que reaccionarías así. — me atrae hacia él y rodea mi cintura con sus manos.

—Matthew, es hermoso.

Espera a que veas el estudio que he hecho para ti. —Besa mi cabeza—todas nuestras cosas están ya ahí

— ¿Qué? —Me giro y lo veo. Tiene una sonrisa pícara en su rostro.

— ¿Ya has comprado la casa?

—Nuestra casa—me corrige—Ya es nuestra desde que estamos en Grecia.

—Pero...—tartamudeo: —Esto debe haberte costado una fortuna.

—Nos costó una fortuna—vuelve a corregir—Todo lo mío es tuyo ahora.

Regresamos al interior de la casa y me muestra el despacho. No hay duda, todos mis libros y los de él están aquí. Hay dos grandes escritorios, una pequeña sala — que pronto bautizaremos— y muchos libros en el librero incrustado en la pared.

Todos nuestros cuadros están aquí. Pero hay dos en especial que de nuevo me hace llorar.

Al lado de *El primer beso* y la *Abducción de Psique* de Bouguereau.

— ¿Ves cómo cupido besa su mejilla? — pregunta abrazándome por la espalda: — Ahora mira la *abducción*, han crecido y son libres para amarse. *Eros (Cupido)* extiende sus alas de ángel y *Psique* sus alas de mariposa.

—Se amaron desde niños.

—Así como nosotros—Dice acariciando mi vientre: —Quiero una familia, mariposa, voy a esperarte.

—No me gusta hacerte esperar.

—Tu amor me ha hecho paciente, Elena. Puedo esperarte.

No tuvimos que preparar una gran
mudanza para nuestra nueva casa. Cada
rincón es perfecto y aunque al principio
no quería mudarme, era momento de
empezar a construir nuevos recuerdos. Y
empezar a llenar habitaciones.

—Todo está listo para esta noche Dice
Verónica.

He preparado una cena para toda
nuestra familia. He invitado a David,
Glen, su nuevo novio y a mi padre.

—Te ves hermosa—dice Susan.

— ¿No crees que es demasiado? —
pregunto nerviosa. Mi vestido corto de
encaje con espalda descubierta fue
elegido por Susan y Glen.

—Por supuesto que no—se mofa: — que
te hayas casado con el aburrido profesor
no quiere decir que también seas
aburrida.

—Pronto seré profesora. —me defiendo.

—Una muy *sexy*—Nos sorprende Nick.—
Oh, mí jodido Dios—resopla: —Mi
hermano es un maldito afortunado.

—Gracias, tus halagos siempre son bien recibidos, cuñado.

—Por favor, no me llames cuñado. —Me abraza.

Me levanta del suelo como siempre y la cabeza me da vueltas. Siento un leve mareo y un viejo dolor que pensé que había desaparecido.

— ¿Belle? —Nick me sostiene. —¿Te encuentras bien?

—Me he mareado.

—Ven siéntate—Me sienta sobre la silla y Susan me da un poco de agua.

—Estoy bien—Intento parecer lo más normal posible.

—Estás pálida—Nick toca mi rostro y ve mis pupilas.

En ese momento la puerta se abre y es Matthew. Nick sigue tocando mi frente y revisando mi pulso.

— ¿Cuándo fue tu último periodo? — pregunta Nick, no se ha dado cuenta que Matthew está detrás de él.

—Elena ¿Estás bien? —pregunta acercándose.

—Se ha mareado un poco. —Le explica Nick: —Belle, responde a la pregunta.

—Hace... una semana.

—Entonces queda descartado el posible embarazo.

—Vamos a dejar la cena para después, necesitas descansar. —Me ordena Matthew

—No—discrepo: —Estoy bien, por favor. Todos nos están esperando.

— Mariposa, necesitas descansar.

—Estoy bien, confía en mí—toco su rostro y lo tranquilizo.

—Está bien.

Después de recuperar la postura, bajamos donde todos estaban esperándonos. Los saludé a cada uno sintiéndome cada vez peor. La cabeza empezaba a dolerme con más intensidad y el ruido era insoportable.

Después de la cena todos se dirigieron al jardín donde los meseros estaban sirviendo tragos.

Tengo mi sonrisa en modo automático para parecer normal y sana. Matthew está hablando con mi padre y yo estoy sentada observando el árbol.

Todos lucen felices.

Veo sus sonrisas y escucho sus carcajadas. Mi familia, su familia, nuestra familia.

Entonces cuando siento que todo empieza a desmoronarse, me alejo.

No quiero que me vean así. Me pongo de pie y camino hacia el interior de la casa. No quiero arruinar su felicidud.

— ¿Elena? —Llama Matthew detrás de mí.

Me detengo cuando su mano llega a mi cintura.

— ¿Mariposa, estás bien?

Toca mi rostro preocupado. Odio esa mirada en él y soy yo la que la provoca siempre.

—Yo...—intento hablar y una oleada fría recorre todo mi cuerpo.

— ¡Elena! —grita sosteniéndome. Mi cuerpo empieza a sacudirse de manera violenta y aprieto mis ojos. No puedo controlarlo, no puedo parar de moverme, la cabeza me da mil vueltas y escucho las voces de todos. Varias manos sostienen mi cuerpo pero es inútil. Sigo sacudiéndome más rápido.

— ¡Sostén su cabeza y abre su boca! —
Creo que es la voz de Nick.

Tengo los puños apretados y sigo sacudiéndome, pero esta vez está disminuyendo. No sé cuánto tiempo ha pasado pero me siento débil hasta para abrir los ojos.

— ¡No, no, no! — Matthew me sostiene con fuerza, está tirado en el suelo sosteniendome en sus brazos.

—Ya pasó —Nícle la tranquilizo: —Matt, ya pasó.

Soy consciente de que me carga en brazos y sube las escaleras conmigo. No puedo moverme. Quisiera abrir los ojos y decirle que estoy bien, que el dolor se ha ido, pero no puedo.

Me acuesta sobre la cama y acaricia mi rostro.

—El médico dijo que pasaría pero no esperé que fuera tan pronto—Dice Matthew.

—Matt—Nick hace una pausa: —Esto puede volver a ocurrir y puede ser peligroso cuando Belle quede embarazada.

Oh, no, no.

Eso mataría a Matthew y a mí también.

Por el silencio que hace Matthew sé que le ha dolido tanto como a mí.

Mi respiración se normaliza y él permanece conmigo. Me siento a salvo al sentir su calor conmigo y caigo en un profundo sueño.

A la mañana siguiente despierto como nueva. No me duele nada pero me siento un poco cansada.

—Buenos días, mariposa.

—Buenos días. — a juzgar por su cara, no se encuentra nada bien.

— ¿Cómo te sientes?

—Estoy bien. —Muerde su labio inferior preocupado —Matthew, estaré bien.

La suavidad de mi voz lo tranquiliza y asiente. Tenemos que tener fe en que todo saldrá bien. No podemos rendirnos ahora.

—Mi corazón se detuvo, mariposa. — Confiesa: —Rogué estar en tu lugar.

—Matthew...

—Verte en ese estado, no eras tú, esa no eras tú, parecías...

— ¿Muerta? —concluyo.

Asiente con dolor en su rostro.

—Mírame—le pido: —No estoy muerta. Y si algún día he de morir será de vieja, nada sexy y tú sosteniendo mi mano.

Eso lo hace sonreír aunque imaginarlo debe ser devastador.

—Los demás deben de estar preocupados.

—Están bien, tu padre sigue durmiendo y jamás lo había visto así, estaba llorando mientras me ayudaba a sostenerte.

Oh, mi padre.

—Necesito verlo. —Le pido.

—Le diré que has despertado y que quieres verlo, por favor no te muevas de la cama.

Amo que se preocupe por mí aunque a veces exagere.

Hago lo que me pide. Y minutos después mi padre entra a la habitación. Se ve cansado y su cabello cada día está más gris, pero sigue luciendo atractivo.

—Isabelle, ¿Cómo te sientes?

—Mejor papá. —sostengo su mano: — lamento mucho haberte asustado.

—Hija, yo...—Empieza a llorar: —Yo pensé que te perdería.

—No, papá. —Lo abrazo: —Nunca me perderás

—Te amo tanto, Isabelle.

—También tu amo, papá. —lo abrazo más fuerte: --Siempre te he amado.

Padre e hija, no hay mejor sensación que el perdón y el olvido de aquello que nos ha lastimado por tanto tiempo.

Esta mañana no quise dejar a Elena sola,
Pero tampoco puedo obligarla a que se
quede en casa, se recuperó del ataque y
sus mejillas volvieron a tomar color. Me
despedí de ella con un largo beso que
amenazó con quedarnos y bautizar el
despacho.

Hoy empieza de nuevo las clases y yo
estoy por terminar el doctorado. Quiero
que mi esposa se sienta orgullosa de mí
de nuevo.

Quiero merecer su amor cada día que
despierto con ella.

Quiero que se sienta orgullosa de su
esposo como lo estoy yo de mi esposa.

— ¿Te encuentras bien? —pregunta
David.

—Estoy preocupado por Elena.

— ¿Tienes miedo que le de otro ataque
mientras no estás?

—Sí—admito.

— ¿Te pasa algo más? —pregunta: —Hoy
en la reunión académica parecías
distraído.

La verdad es que sí, desde que desperté esta mañana, siento un mal presentimiento pero supongo que es normal después de ver a Elena en ese estado el mes pasado.

—Tengo un mal presentimiento.

- Matt, todo estará bien. Si quieres llámala, debe estar en su hora libre.

—De acuerdo, lo haré mientras almorzamos ¿Vienes? —pregunto.

—Por supuesto—ríe:—Quién iba a decirlo, el *buitre* y el *halcón* almorzando como viejos colegas.

Me mofo—Somos más que eso, cuñado.

Mientras estamos almorzando llamo a mariposa. Mi corazón empieza a detenerse cuando no contesta.

—No responde. —Digo.

—Llámala de nuevo o deja un mensaje, ya sabes cómo son esos seminarios.

Intento llamarla dos veces más y no responde, entonces le envió un mensaje.

Mariposa, llámame cuando recibas este mensaje.

Te amo.

—Te aseguro que te llamará pronto, si quieres cuando termine mi última clase, la llamaré también y le diré que su esposo ha estado con el corazón en la mano y yo he tenido que tranquilizarlo.

Tiene razón.

Quizás siga en uno de los seminarios.

Regresamos al campus y durante toda la clase no he podido concentrarme. Elena no ha respondido mis llamadas ni el mensaje que le envié.

Estoy empezando a preocuparme.

Mi teléfono suena y es un mensaje, lo cojo de inmediato y me decepciono al ver que es un mensaje de David.

Matt, no quiero preocuparte pero Belle no responde mis llamadas.
Le he enviado mensajes y tampoco ha respondido.
Te veo al salir de clase.

David.

Algo me dice que no está bien.

—Lo siento mucho chicos—Me disculpo: —Tengo que irme, es una emergencia. Los veo la próxima semana.

Tomo mi maletín y llamo a David para que se reúna conmigo.

—David, esto no es normal en ella—Digo desesperado: —Algo no anda bien, han pasado cuatro horas. Un seminario no dura tanto.

—Será mejor que vayamos al campus a buscarla. —Aconseja.

—Iré en mi coche y tú ve en el tuyo, llamaré a Joe y a Ana para ver si caben algo

Acelero y me dirijo hacia la universidad. Al llegar me sorprendo y mi corazón termina de encogerse cuando me encuentro a Glen solo.

— ¿Dónde está Elena?

—Lo mismo te pregunto a ti—Dice asustado: —No ha venido a clases y la he estado llamando.

Dios mío.

— ¡La policía es una mierda! —Gruño: — Dicen que no pueden hacer nada mientras no hayan pasado 24 horas. ¡24 putas horas!

—Tranquilo, Matt—dice Nick.

Ha venido desde que me escuchó alterado
por teléfono.

— ¡No me pidas que me tranquilice! Mi
esposa lleva desaparecida once horas, no
responde al teléfono y no fue a la
universidad

—Dios mío Dice Ana: —Hay que salir a
buscarla.

· Piensa Matt, ¿Dónde puede estar,
Belle? —Dice David.

Mi mente empieza a dar mil vueltas por
segundo. Elena no haría algo así. Por la
mañana estaba feliz por ir a la
universidad pero no fue.

¿Qué está pasando?

Ni siquiera hemos discutido, hicimos el
amor ayer y fue ella la me sorprendió esta
vez. Sonrío para mis adentros al
recordarla cómo dormía en mi pecho
desnuda.

Mi amor, ¿Dónde estás?

¿Qué pudo haber pasado?

¿Quién está contigo?

Entonces todo tiene sentido y todo se
resume en un nombre:

Dan Bennett.

—No sabemos nada de Dan desde hace tres años—dice Joe. Él sabe el trato que hice con él. Joe estuvo presente cuando Dan prometió alejarse de ella siempre y cuando aceptara ser el dueño del polígono.

—Sólo hay una persona que puede hacerle daño a Llena y es él.

Sostengo mi teléfono con la mano temblorosa y marco su número rezando para mis adentros que no esté disponible.

Pero entonces, de nuevo, empiezo a arder sin mi Elena.

—Vaya, vaya—responde Dan.

— ¿Dónde está? —pregunto sin preámbulos.

—Directo al grano—protesta: —Te has tardado demasiado en llamar. Pensé que tu querida esposa te importaba.

— ¿¡Dónde está!? —le exijo y todos me observan, Ana empieza a llorar cuando ya todos saben que está con él.

—Querido *sobrino*, siempre tan temperamental, me recuerdas a Edward. Siempre peleábamos todo el tiempo. Él tan desesperado y yo tan sereno.

—Por favor, Dan, dime dónde está Elena.
—Ahora mi voz le ruega para que me diga dónde está mi esposa.

—Mi pequeña Isabelle—aprieta más ojos y se me revuelve el estómago, no tiene derecho a nombrarla: —Ella está donde nunca debió salir.

— ¿Dónde?

—En el *infierno*.

Dejo caer el teléfono y cuando estoy a punto de desmayarme una pequeña voz en mi interior me dice que sea fuerte. Que sea fuerte para rescatar a mi dulce Elena, de las garras de Dan.

Voy corriendo al despacho y saco el arma bajo llave.

— ¿Pero qué estás haciendo? —dice Joe.

—Él la tiene.

— ¿Dónde?

—En *el polígono del infierno*.

—Matt—Me detiene: —No puedes ir armado, ya te olvidaste lo peligroso que es Dan.

—No me importa, tengo que sacarla de ahí.

—Iremos contigo—Dice Nick.

—No, iré yo solo.

—No puedes enfrentarte al tío Dan tú solo.

—Sí puedo

Mi teléfono empieza a sonar y es Dan.

—Supongo que ya sabes dónde está—dice antes de que pueda decir algo: —Más te vale traer a toda tu gente—lo escucho reírse: —un gran espectáculo nos espera.

¿Espectáculo?

— ¿Qué dijo? —pregunta David.

—Quiere que todos vayamos al polígono.
—Todos se observan unos con otros. Saben lo que estoy pensando.

—Entonces iremos—Dice Joe. —No va a intentar hacerle daño a nadie con tanta gente en el polígono.

Sin más tiempo que perder saco el arma y la coloco detrás de mi cintura. Joe le pide a Ana que se quede en casa con los niños y David, Joe, Nick y yo nos dirigimos al polígono.

Quién sabe lo que nos espera.

Pero estoy dispuesto a dar mi vida por ella ésta y cualquier otra noche.

Hay muchos autos afuera del polígono, y cuatro camionetas blindadas de Dan.

Salto del coche y corro hasta el interior, la música está más fuerte, y todas las personas a mi alrededor me observan con mucho miedo.

Joe, David y Nick vienen detrás de mí.

—No cometas una locura—Me advierte Joe: —No sabemos si Belle en verdad está aquí.

Entonces lo veo en el nivel dos, hay muchas persona alrededor esperando que el juego comience pero sólo hay un polígono listo, el mío.

Dan se acerca y aprieto mis puños.

—Adam—intenta abrazarme y doy un paso atrás.

— ¿Dónde está?

— ¿Quién? —Se burla: —Oh, sí tu esposa.

Saco el arma y le apunto.

— ¿¡Dónde está!?

Él me observa y le ordena a sus hombres que no hagan nada.

—Baja el arma, Adam—Me ordena: —no es ese tipo de espectáculo que tengo preparado para ti.

—Dime donde está o te juro por mi vida que te mato aquí mismo, no me importa llevar tu sangre.

• Te he escuchado —Sube sus manos en rendición: —Un juego más.

— ¿Qué?

—Lo que oíste, un juego más por la libertad de tu esposa y la tuya.

— ¿De qué estás hablando?

—Por favor, Adam—Se mofa: —Yo fui el que creo al *halcón*, eres el mejor tirador que el polígono haya tenido o ¿No? — pregunta a la gente a nuestro alrededor y empiezan a gritar.

— ¡*Halcón*! ¡*Halcón*! ¡*Halcón*!

—Quiero ver a mi esposa.

—La verás—Me promete: —Ella será parte del espectáculo. A tu posición ¡Ahora!

Como los viejos tiempos.

Recuerdo que me gritaba y el sonido de un disparo era lo que me hacía reaccionar y empezaba a lanzar sin ningún temor.

Me quito la chaqueta y la camisa. La gente empieza a volverse loca al ver al *halcón* de nuevo en acción.

Veo a mi derecha están todos mis cuchillos alineados y listos para ser lanzados.

— ¿Quieres ver a tu esposa? —pregunta con arrogancia.

—Por supuesto.

— ¡Traigan a la esposa de nuestro *halcón*!

Entonces la veo.

—Por favor no lo hagas—le ruego.

—Claro que lo haré, hemos hecho un nuevo trato.

—No puedo hacerlo.

—Eres el *halcón*, no vas a lastimar a tu esposa, nunca has lastimado a nadie.

Es verdad, nunca he fallado ningún tiro,
pero ver a Elena en el blanco hace que
todos mis miedos cobren vida.

— ¡Ahora! —Escucho un disparo en el
aire y por acto reflejo empiezo a lanzar los
cuchillos.

Elena no cierra sus ojos, no llora pero
puedo sentir su miedo en el aire. No me
tiene miedo a mí, le tiene miedo a Dan.

Ni siquiera pestañea cuando lanzo los
últimos tres por encima de su cabeza.

El bullicio de la gente es impresionante,
están tan enfermos como él.

— ¡Bien! —aplaude.

—He hecho lo que me has pedido, ahora
déjala ir.

—Todavía no.

— ¿De qué hablas?

—El espectáculo recién comienza.

— ¡Maldito hijo de puta! —me tiro sobre
él y lo golpeo con todas mis fuerzas.

Joe y Nick me apartan de él.

Dan se pone de pie y escupe sangre.

—Sobrino—Gruñe y todavía sonríe: —
Esto te va a encantar.

Saca su arma y me la entrega.

—Dispara—Me ordena: —Hacia allá.

Hacia allá significa al blanco, donde todavía mi dulce mariposa permanece de pie.

—No puedo hacerlo.

Empezaste con un arma, los cuchillos son plumas para ti.

— ¿Cuántos disparos? —pregunto.

—Los que llevas enamorado de ella—Se acerca y susurra: —Desde que tenías trece ¿Recuerdas?

—Son catorce años—murmuro.

—Exacto, catorce disparos serán.

Cierro mis ojos y veo a Elena, no quiero imaginarla ahí, quiero verla en nuestro paraíso. Sonriéndome, besándome y abrazándome.

Su cuerpo desnudo contra el mío.

Quiero imaginarla así cuando su vida corre peligro en mis manos.

Entonces empiezo a disparar.

¡Pum!

Te amo, Elena.

¡Pum! ¡Pum!

La niña del árbol.

¡Pum! ¡Pum! ¡Pum! ¡Pum!

Mi dulce mariposa.

¡Pum! ¡Pum!

El amor de mil vida, mi salvación

¡Pum! ¡Pum! ¡Pum! ¡Pum!

Mi esposa.

¡Pum!

Mi paraíso.

Abro mis ojos y la veo. Me sonríe.

Mi esposa está sonriéndome.

La gente empieza a gritar con más fuerza y aplauden. Lo he logrado.

— ¡Bravo! —dice Dan aplaudiendo de nuevo.

—Hice lo que me pediste, ahora déjanos en paz.

—Un último juego.

—He terminado.

—Tú sí—me quita el arma de las manos:
—Ahora es mi turno.

— ¡No! — me acerco y me apunta con el arma en la cabeza.

—He dicho que es mi turno de jugar, Adam.

—No lo hagas, por favor no lo hagas.

—Adam, soy tu maestro, soy mejor que tú.

—Está bien, Matthew—escucho la voz de Elena: —No le tengo miedo.

Me sonríe.

¡Ella aún me sonríe!

¡Pum!

Primer disparo y cierro mis ojos. Pero al mismo segundo los abro, no puedo ser un cobarde, yo la he arrastrado a esto conmigo. Es mi turno de sufrir ahora y ver lo que yo he hecho toda mi vida.

He jugado a esto.

He puesto en peligro la vida de los demás.

Ahora es mi turno de pagar, viendo a la mujer que amo del otro lado.

¡Pum! ¡Pum!

Cuarto y último disparo.

—Ahora sí—Dice Dan: —Ambos son libres.

Guarda su arma y se va. Corro hasta donde está Elena y la beso. Ella sigue sonriéndome.

— ¿Estás bien? —pregunto y ella asiente besándome con más fuerza.

—Te amo, te amo— Susurro en sus labios perdiéndome.

—Somos libres—dice sonriéndome: — Eres libre.

Toco su rostro y está pálida.

— ¿Elena?

—Perdóname, mi amor—Susurra.

Veo su cuerpo y levanto su chaqueta.

Sangre.

— ¡No! —Grito— ¡Elena!

Ella cae en mis brazos y yo aprieto la herida a un costado de su abdomen.

— ¡Mírame, mírame!—Toco su hermoso rostro.

—Es mi turno de salvarte, mi amor.

— ¡Dios mío, no!

—Gracias por mis alas, Adam.

— ¡Soy Matthew! —La sostengo y la abrazo: — ¡Soy tu Matthew!

—No—habla con dificultad: —También eres mi Adam.

—Sí, soy tu Adam.

—*El niño de los ojos hermosos.*

— ¡No me dejes Por favor, no me dejes!

—*Nunca más.*

∞Ɛ393∞

— ¿Mamá?

—Mi pequeña, Elena.

—Mamá, no quiero verlos sufrir.

—Lo sé, hija.

—Te he extrañado mucho, mamá.

—Yo también, mariposa.

—Él me llama mariposa.

—Lo eres.

— ¿Él estará bien sin mí?

—No.

— ¿Hay algo que pueda hacer?

—Sí...regresa.

—Pero yo quiero estar contigo, madre.

—Estaré esperándote cuando sea el
momento de partir.

— ¿Puedo hacerte una pregunta, mamá?

—Las que quieras, Elena.

— ¿Tú querías dejarme?

—Oh, Elena... Yo nunca quise dejarte,
estaba protegiéndote.

— ¿Cómo puedes protegerme muriendo?

—Lo entenderás cuando seas madre.

—Te Amo, mamá.

—También te amo, recuérdalo siempre.

—Nunca lo he olvidado.

Regresa...Regresa con tu ángel.

—Abre los ojos. —Me besa en los labios:
—Abre los ojos, mi amor.

Abro los ojos y lo veo.

—Mi esposa.

—Mi esposo.

—Es hora de ir a nuestro hogar,
mariposa.

—Te amo, Matthew.

—También, te amo, mariposa ¿Te
encuentras bien?

—Perfectamente.

—Me alegro.

Llegamos a casa y sólo quería hacer una
cosa, ir a nuestro paraíso, el paraíso que
él ha construido para mí.

— Siento la necesidad de abrazarte,
besarte y decirte lo mucho que te amo.

—Mi esposa, ha despertado siendo más
dulce que de costumbre.

—Mi esposo tiene que dejar que lo endulce con mi amor.

No sabía que alguien pudiese ser tan feliz como me siento en estos momentos por lo que estoy a punto de decirle:

— ¿Matthew?

— ¿Sí, mariposa?

—Estoy embarazada.

Me ve con los ojos llorosos.

— ¿Qué?

—Vamos a tener un bebé.

— ¿Qué?

—Vas a ser padre.

— ¿Qué?

Entonces recuerdo las palabras de desesperación de Ana:

— ¡ESTAMOS EMBARAZADOS!

—Pero...—tartamudea y lo callo con un beso.

—Después de lo que pasó con Dan y lo que vino después—cierro mis ojos al recordar el disparo: — Que él se entregara y confesara haber asesinado a mi madre fue la paz que necesitaba. Mi madre murió protegiéndome una noche

en que Dan trató de entrar a mi
habitación y lo entendí. Entendí aquellas
palabras: *Lo sabrás cuando seas madre.*
Siempre supe que mi madre no quiso
dejarme, ella no estaba loca, ella sólo era
una madre que protegía a su hija.

Mariposa

—La vida es muy corta, Matthew y no
quiero que esperemos más.

—Te amo, Elena.

—Eres mi ángel, Matthew. Tú has
cuidado siempre de mí.

Y ahora es momento de que yo cuide
eternamente de él.

Resumiendo mi vida lo haría en tres palabras:

Paraíso.

Infierno.

Perdón.

Él me llevó a las alturas del paraíso y conocí la felicidad. Descendí por los tejados y lo busqué en lo más profundo de mi corazón y lo encontré. Él siempre estuvo conmigo todos estos años.

Luego caímos en el infierno, sabía que lo amaría ahí también, pero me di cuenta que nuestros infiernos no eran tan diferentes después de todo, ambos ardíamos desde antes de conocernos, antes de amarnos y fue el amor el que nos rescató de las llamas.

Vivir en dos mundos nos ayudó a perdonar. Perdonar nuestro pasado, las personas que más admirábamos y amábamos en el mundo. Fuimos liberados de toda carga por amor, y de nuevo volvimos a nuestro pequeño paraíso.

—Más allá de las acepciones propias de la ciencia histórica, «*Historia*», es la narración de cualquier suceso, incluso de sucesos imaginarios y de mentiras; sea su propósito el engaño, el placer estético o cualquier otro. Por el contrario, el propósito de la ciencia histórica es averiguar los hechos y procesos que ocurrieron y se desarrollaron en el pasado e interpretarlos ateniéndose a criterios de objetividad; aunque la posibilidad de cumplimiento de tales propósitos y el grado en que sean posibles son en sí mismos objetos de debate.

Hace unos años esperé, esperé y esperé hasta sanar por completo y poder estar enfrente de todos estos jóvenes que buscan un sueño diferente.

—Si la historia es una ciencia social y humana, no puede abstraerse del motivo que se encarga de estudiar los procesos sociales: Explicar los hechos y eventos del pasado, sea por el conocimiento mismo, sea porque nos ayudan a comprender el presente. Cicerón bautizó a la historia como «Maestra de la vida», y como él Cervantes, que también la llamó «Madre de la verdad». La entrada en el periodo moderno implica, entre otras cuestiones, un desplazamiento de la figura de Dios como el gran ordenador que provee armonía universal y respuestas a cada interrogante. El hombre debe salir al mundo, afrontarlo y encontrar en él las respuestas a las preguntas que en mayor o menor medida lo han seguido a través del tiempo. El historiador se halla a sí mismo frente a un pasado para descifrarlo. Es ese pasado la cosa en sí, a la que no podemos llegar, pero que dialoga con nuestro presente, a través nuestro, y serán nuestras decisiones las que lleven a ese pasado a "decir" algo acerca de sí. La honestidad del historiador reside entonces.

La honestidad nos hace libres, incluso para Dan, confesar el asesinato de mi madre lo hizo libre y yo al final lo perdoné y también me liberé.

—Es el italiano *Croce* el que afirma que toda historia es contemporánea, que el pasado debe observarse que los ojos del presente y a la luz de los problemas de ahora. El historiador debe valorar más que recoger datos porque, si no valora ¿cómo sabe qué es lo que amerita ser recogido? San Agustín vio la historia desde el punto de vista de un cristiano primitivo; *Tillamont*, desde el de un francés del S. XVII, *Gibbon*, desde el de un inglés del XVIII; *Mommsen* desde el de un alemán del XIX; a nada conduce preguntarse cuál era el punto de vista adecuado. Cada uno de ellos era el único posible para quien lo adoptó. Por lo que hemos visto hasta acá, el historiador no tiene más remedio que elegir sobre qué ha de contar, en qué términos y con qué palabras, todo es una puerta abierta.

— ¿Cuál es su historia, profesora Reed?

Me sorprendo cuando uno de mis alumnos me hace esa pregunta. Puede que mi historia no sea tan diferente a la de otros.

Mi historia no es de admirar, es de aprender. Y lo que he aprendido todos estos años al lado de mi *profesor*, es que no podemos rendirnos y no debemos esperar a que las buenas cosas sucedan, hay que ir a por ellas.

—Supongo que tendrá que leer mi libro, señor Lautner.

Risas invaden el salón y yo continúo haciendo una de las cosas que han salvado mi vida. La historia y ahora tengo mi propia historia

Estoy en nuestro pequeño paraíso de nuevo, ha sido un día largo y mi esposo está acariciando mi cabello como la primera vez.

— ¿Qué tal tu día, profesora Reed?

—Muy entretenido, profesor Reed. — Acaricio su pecho que aún es fuerte al pasar los años: —Un alumno me preguntó que cuál era mi historia y debo decir que me ha sorprendido.

—Tu historia es mi favorita.

—Dirás, nuestra historia—lo corrijo: — Has formado parte de ella toda mi vida.

Levanta mi rostro y me besa como la primera vez.

—Papá, ¿Puedes darme las llaves del auto? —pregunta nuestra hija Anabelle.

— ¿Adónde crees que vas vestida así? — gruñe Matthew.

Verlos discutir por la forma en cómo se viste Anabelle siempre es entretenido, tienen el mismo carácter retador.

—Al cine—responde cortante: ¿Me das las llaves? — hace mohín.

—Oh, no señorita, eso no funcionará esta vez, ve a cambiarte y despues hablaremos del cine.

— ¡Pero papá! —Chilla— ¿Nunca fuiste joven?

—Sí lo fui—admite: —y uno muy estúpido, por lo tanto ve a cambiarte, señorita.

—Mamá, dile algo—Es aquí cuando participo.

—Nena, tienes dieciséis años, te verías igual de linda si usaras una falda menos corta y menos maquillaje.

— ¿Puedo usar tus vaqueros? — Pregunta: — ¿Y tú chaqueta lila?

Oh, está negociando de nuevo.

—Por supuesto, siempre y cuando obedezcas a tu padre.

—Te amo, te amo—Me llena de besos la cara: — Y a ti también—besa también a su padre.

Se va corriendo y ya sé que mi armario quedará como si hubiese pasado un huracán.

— ¿Cómo lo haces? —Pregunta Matthew: —Yo la enfado, en cambio a ti te llena de besos.

—No te quejes, también te ha besado a ti.

—Mi dulce esposa, siempre sabe lo que hace.

—Tú también sabes lo que haces, Matthew.

—No tan bien como tú.

— ¿Puedo hacerte una pregunta? — Pregunto.

—La que quieras.

— ¿Cómo describirías nuestra vida?

—Eso es fácil. —Responde besando mis manos: —Al describir nuestra vida sería en dos palabras.

— ¿Sólo dos? Yo la describí en tres.

— ¿Cuáles son? —pregunta entusiasmado.

—Tú primero. —contraataco.

—*Dulce encuentro.* —Susurra: —Mi vida contigo ha sido un dulce encuentro, mariposa.

Es la descripción más perfecta.

—Ahora dime, ¿Cuáles son esas tres palabras?

Paraíso, Infierno y perdón.

— ¿Lo veo? Tú lo complementan, mariposa.

— ¿Cómo?

—Cuando te conocí fue debajo de uno de estos árboles. Y cuando te volví a ver fue un *dulce encuentro en el paraíso.*

— ¿Cómo puede ser un *dulce encuentro en el infierno?*

—Me amaste *ahí* y me rescataste. También me perdonaste y ese fue nuestro *dulce encuentro en el perdón.* Perdoné mi pasado y tú perdonaste el tuyo.

En ese momento nuestra hija llega y nos sorprende de nuevo.

—Deberían de ir a su cuarto—se mofa: — siempre están besuqueándose aquí.

Qué vergüenza.

—Ahora sí, ya te puedes ir y no quiero que vengas después de las nueve.

—De acuerdo, *profesor.* —Se acerca y nos da un beso: —Los amo, sigan en lo suyo. —hace una mueca y se va.

—Ahora sí, ¿Dónde estábamos? —pregunta Matthew llevándome más a su pecho.

—Que nuestra vida ha sido un *dulce encuentro.*

—Sí, ha sido el más dulce encuentro de todos.

Me siento a horcajadas sobre él y lo beso como nuestro *primer beso* y nuestro *segundo primer beso,* lleno de amor y dulzura, lleno de deseo y placer.

—Te amo, Elena. —muerde mis labios y acaricio su lengua.

—Te amo, Adam Matthew.

Estamos desnudos y el sol se oculta a lo lejos. Su mirada gris no ha dejado de brillar.

—Llévame al paraíso, Elena.

Cor unum (Un solo corazón) eso es lo que somos ahora. Me deslizo despacio para ser uno solo y echo mi cabeza hacia atrás. Ya no me pide que lo vea a los ojos, ya no necesita ver el paraíso en ellos.

—Estamos en el paraíso.

Ahora nuestro paraíso es todo lo que nos rodea y así será siempre. Y cuando nos toque partir, nuestro encuentro, será un **dulce encuentro por toda la eternidad.**

Salvo él y yo.

LA ABDUCCIÓN DE LA PSIQUE

William Adolphe Bouguereau

Material extra para el lector.

A Elena.

Edgar Allan Poe

Te vi una vez, sólo una vez, hace años:
No debo decir cuantos, pero no muchos.
Era una medianoche de julio,
Y de luna llena que, como tu alma,
Cernía también en el firmamento,
Y buscaba con afán un sendero a través de él.

Caía un plateado velo de luz, con la quietud,
La pena y el sopor sobre los rostros vueltos
A la bóveda de mil rosas que crecen en aquel jardín
encantado,
Donde el viento sólo deambula sigiloso, en puntas de
pie.

Caía sobre los rostros vueltos hacia el cielo
De estas rosas que exhalaban,
A cambio de la tierna luz recibida,
Sus ardorosas almas en el morir extático.

Caía sobre los rostros vueltos hacia la noche
De estas rosas que sonreían y morían,
Hechizadas por ti,
Y por la poesía de tu presencia.

Vestida de blanco, sobre un campo de violetas, te vi
medio reclinada,
Mientras la luna se derramaba sobre los rostros vueltos
Hacia el firmamento de las rosas, y sobre tu rostro,

También vuelto hacia el vacío, ¡Ah! por la Tristeza.

¿No fue el Destino el que esta noche de julio?
¿No fue el Destino, cuyo nombre es también Dolor?
El que me detuvo ante la puerta de aquel jardín
A respirar el aroma de aquellas rosas dormidas.

No oo oía pisada alguna;
El odiado mundo entero dormía,

Salvo tú y yo (¡Oh, Cielos, cómo arde mi corazón
Al reunir éstas dos palabras!)

Salvo tú y yo únicamente.
Yo me detuve, miré... y en un instante
Todo desapareció de mi vista
(Era de hecho, un Jardín encantado).

El resplandor de la luna desapareció,
También las blandas hierbas y las veredas sinuosas,
Desaparecieron los árboles lozanos y las flores
venturosas;
El mismo perfume de las rosas en el aire expiró.

Todo, todo murió,
Salvo tú;
Salvo la divina luz en tus ojos,
El alma de tus ojos alzados hacia el cielo.

Ellos fueron lo único que vi;
Ellos fueron el mundo entero para mí:
Ellos fueron lo único que vi durante horas,
Lo único que vi hasta que la luna se puso.

¡Qué extrañas historias parecen yacer
Escritas en esas cristalinas, celestiales esferas!
¡Qué sereno mar vacío de orgullo!
¡Qué osadía de ambición!

Más ¡qué profunda, qué insondable capacidad de amor!
Pero al fin, Diana descendió hacia occidente

Un dulce encuentro en el perdón KRIS BUENDIA

Envuelta en nubes tempestuosas; y tú,
Espectro entre los árboles sepulcrales, te desvaneciste.

Sólo tus ojos quedaron.
Ellos no quisieron irse
(Todavía no se han ido).
Alumbraron mi senda solitaria de regreso al hogar.

Ellos no me han abandonado un instante
(Como hicieron mis esperanzas) desde entonces.
Me siguen, me conducen a través de los años,
Son mis Amos y yo su esclavo.

Su oficio es iluminar y enardecer;
Mi deber, ser salvado por su luz resplandeciente,
Y ser purificado en su eléctrico fuego,
Santificado en su elisíaco fuego.

Ellos colman mi alma de Belleza
(Que es esperanza), y resplandecen en lo alto,
Estrellas ante las cuales me arrodillo
En las tristes y silenciosas vigilias de la noche.

Aún en medio de fulgor meridiano del día los veo:
Dos planetas claros,
Centelleantes como Venus,
Cuyo dulce brillo no extingue el sol.

Con amor para mi esposa, Elena Reed.
Yo no perdí a mi Elena como el gran poeta
Edgar Allan Poe.
Rezo para que él se haya reencontrado con su
amada, así como yo rezo todos los días para
despertar en brazos de la mía.

Made in the USA
Charleston, SC
02 July 2015